Oscar Wilde
Sämtliche Erzählungen
sowie
*35 philosophische Leitsätze
zum Gebrauch für die Jugend*

Zeichnungen von
Aubrey Beardsley

Diogenes

Titel der 1891
erschienenen Originalausgabe:
›Lord Arthur Savile's Crime and Other Stories‹
Die Aphorismen – die einzigen,
die Oscar Wilde selbst aus seinem Werk zusammenstellte –
erschienen 1894 als ›Phrases and Philosophies for
the Use of the Young‹ in ›Chameleon‹
Der vorliegende Band erschien erstmals 1970
im Diogenes Verlag
›Das Gespenst von Canterville‹ wurde
von N. O. Scarpi übersetzt und erschien 1957 zuerst
als Einzelausgabe in der Reihe ›Diogenes Tabu‹
Alle anderen Erzählungen, übersetzt von Frieda Uhl
und Rudolph Lothar, stammen aus der ersten
deutschen Gesamtausgabe der Werke Oscar Wildes,
erschienen 1906–08 im Wiener Verlag
Revision und Neuübersetzung der Aphorismen von
Gerd Haffmans, der diesen Band herausgegeben
und auch das Nachwort geschrieben hat
Umschlagillustration von
Aubrey Beardsley

Veröffentlicht als Diogenes Taschenbuch, 1981
Alle Rechte an dieser Ausgabe vorbehalten
Copyright © 1970
Diogenes Verlag AG Zürich
www.diogenes.ch
40/02/8/9
ISBN 3 257 20985 1

Inhalt

Lord Arthur Saviles Verbrechen 7
Eine Studie über die Pflicht

Die Sphinx ohne Geheimnis 101
Eine Radierung

Das Gespenst von Canterville 119
Eine hylo-idealistische Romanze

Der Modellmillionär 205
Ein Zeichen der Bewunderung

**Philosophische Leitsätze
zum Gebrauch für die Jugend** 225

Versuch über Oscar Wilde 233

Notiz über Aubrey Beardsley 243

Lord Arthur Saviles Verbrechen

Eine Studie
über
die Pflicht

I

Es war Lady Windermeres letzter Empfang vor Ostern, und Bentinck House war noch voller als gewöhnlich. Sechs Kabinettsminister waren direkt vom Morgenempfang des Unterhauspräsidenten gekommen mit allen ihren Sternen und Ordensbändern, alle die hübschen Frauen trugen ihre schönsten Toiletten, und am Ende der Gemäldegalerie stand die Prinzessin Sophia von Karlsruhe, eine gewichtige Dame mit einem Tatarenkopf, kleinen schwarzen Augen und wundervollen Smaragden, die sehr laut ein schlechtes Französisch sprach und maßlos über alles lachte, was man zu ihr sagte. Es war gewiß ein wundervolles Gemisch von Menschen. Peersfrauen in all ihrer Pracht plauderten liebenswürdig mit extremen Radikalen, volkstümliche Prediger sah man neben hervorragenden Skeptikern, ein ganzer Trupp von Bischöfen folgte Schritt für

Schritt einer dicken Primadonna von Zimmer zu Zimmer, auf der Treppe standen einige Mitglieder der Königlichen Akademie, die sich als Künstler gaben, und es hieß, daß zeitweise der Speisesaal mit Genies geradezu vollgepfropft sei. Alles in allem war es einer von Lady Windermeres schönsten Abenden, und die Prinzessin blieb bis fast halb zwölf Uhr.

Kaum war sie fort, kehrte Lady Windermere in die Gemäldegalerie zurück, wo gerade ein berühmter Nationalökonom einem unwillig zuhörenden ungarischen Virtuosen einen feierlichen Vortrag über die theoretische Musikwissenschaft hielt, und begann mit der Herzogin von Paisley zu plaudern. Sie sah wundervoll aus mit ihrem herrlichen elfenbeinweißen Hals, ihren großen Vergißmeinnichtaugen und den schweren Flechten ihres goldenen Haares. *Or pur* war ihr Haar, nicht die blasse Strohfarbe, die sich heute den edlen Namen des Goldes anmaßt, nein, es war Gold, wie es in Sonnenstrahlen verwebt ist oder in seltenem Bernstein ruht. Und dieses Haar gab ihrem Gesicht gleichsam die Umrahmung eines Heiligenbildes, doch nicht ohne den berückenden Zauber einer Sünderin. Sie war ein interessantes psychologisches Studienobjekt. Sie hatte sehr früh die große Wahrheit entdeckt, daß nichts so sehr nach Unschuld aussieht wie ein leichtfertiges Benehmen. Und durch eine Reihe von leichtsinnigen Streichen, von denen die Hälfte ganz harmlos war, hatte sie sich alle Vorrechte einer Persönlichkeit erworben. Sie hatte mehr als einmal ihren Gatten gewechselt, und der Adelskalender belastete ihr Konto mit drei Ehen. Da sie aber niemals ihren Liebhaber wechselte, hatte die Welt längst aufgehört, über sie zu klatschen. Sie war nun vierzig Jahre alt, hatte keine Kinder, aber die ausschweifende Freude am Vergnügen, die das Geheimnis ist, jung zu bleiben.

Plötzlich sah sie sich eifrig im Zimmer um und sagte mit ihrer klaren Altstimme: »Wo ist mein Chiromant?«

»Ihr was, Gladys?« rief die Herzogin und sprang unwillkürlich auf.

»Mein Chiromant, Herzogin. Ich kann jetzt ohne ihn nicht leben.«

»Liebe Gladys, Sie sind immer so originell«, murmelte die Herzogin und versuchte sich zu erinnern, was ein Chiromant eigentlich sei, wobei sie hoffte, es sei nicht dasselbe wie Chiropodist.

»Er kommt regelmäßig zweimal in der Woche, um meine Hand anzusehen«, fuhr Lady Windermere fort. »Und interessiert sich sehr dafür.«

›Großer Gott!‹ sagte die Herzogin zu sich selbst. ›Es ist also doch eine Art Chiropodist, wie schrecklich! Hoffentlich ist er wenigstens Ausländer – dann wäre es doch nicht ganz so schlimm.‹

»Ich muß ihn Ihnen vorstellen.«

»Ihn mir vorstellen?« rief die Herzogin. Ist er denn hier?« Und sie suchte ihren kleinen Schildpattfächer und einen sehr ramponierten Spitzenschal, um im gegebenen Augenblick zum Fortgehen bereit zu sein.

»Natürlich ist er hier, ich würde nicht daran denken, ohne ihn eine *Soiree* zu geben. Er behauptet, ich hätte eine rein psychische Hand und daß ich, wenn mein Daumen nur ein ganz kleines Stückchen kürzer wäre, eine unverbesserliche Pessimistin geworden wäre und heute in einem Kloster säße.«

»Ach so«, sagte die Herzogin und atmete erleichtert auf. »Er ist ein Wahrsager, nicht wahr? Und prophezeit er Glück?«

»Auch Unglück«, antwortete Lady Windermere. »Und zwar eine ganze Menge. Nächstes Jahr zum Beispiel bin ich in großer Gefahr, sowohl zu Wasser als zu Lande. Ich habe also die Absicht, in einem Ballon zu leben, und werde jeden Abend mein Essen in einem Korb heraufziehen. Das steht alles auf meinem kleinen Finger geschrieben oder in meiner Handfläche, ich weiß nicht mehr genau.«

»Aber das heißt doch die Vorsehung versuchen, Gladys.«

»Meine liebe Herzogin, die Vorsehung kann heutzutage sicher schon der Versuchung widerstehen. Ich glaube, daß jeder Mensch einmal im Monat in seiner Hand lesen lassen müßte, um zu wissen, was er nicht tun darf. Natürlich tut man es doch, aber es ist so hübsch, wenn man gewarnt wird. Und wenn jetzt nicht gleich jemand Mr. Podgers holt, so werde ich ihn wohl selbst holen müssen.«

»Gestatten Sie, daß ich ihn hole«, sagte ein schlanker, hübscher junger Mann, der in der Nähe stand und dem Gespräch mit heiterem Lächeln zugehört hatte.

»Ich danke Ihnen vielmals, Lord Arthur, aber ich fürchte, Sie werden ihn nicht erkennen.«

»Wenn er ein so wunderbarer Mensch ist, wie Sie sagen, Lady Windermere, kann ich ihn wohl kaum verfehlen. Sagen Sie mir nur, wie er aussieht, und ich schaffe ihn sofort zur Stelle.«

»Er sieht durchaus nicht wie ein Chiromant aus – das heißt, er sieht weder mystisch noch esoterisch, noch romantisch aus. Er ist ein kleiner, untersetzter Mann mit einem komischen, kahlen Kopf und einer großen goldenen Brille. So ein Mittelding zwischen einem Hausarzt und einem Provinzadvokaten. Es tut mir sehr leid, Sie zu enttäuschen, aber es ist nicht meine Schuld. Die Leute sind immer so langweilig. Alle meine Pianisten sehen genau wie Dichter aus, und alle meine Dichter wie Pianisten. Ich erinnere mich, daß ich in der vorigen Saison einmal einen schrecklichen Verschwörer zu Tisch eingeladen habe, der schon eine ganze Menge Menschen in die Luft gesprengt hatte und immer ein Panzerhemd trug und einen Dolch in seinem Rockärmel verbarg. Und denken Sie sich, als er ankam, sah er just aus wie ein netter, alter Pastor und riß den ganzen Abend Witze. Natürlich – er war sehr unterhaltend, aber ich war schrecklich enttäuscht. Und als ich ihn wegen des Panzerhemdes befragte, lachte er bloß und sagte, dafür sei es zu kalt in England. Ach – da ist ja Mr. Podgers. Mr. Podgers, Sie müssen der Herzogin von Paisley die Hand lesen. Herzogin, ziehen Sie den Handschuh aus. Nicht den linken, den anderen!«

»Liebe Gladys, ich weiß wirklich nicht, ob das ganz recht ist«, sagte die Herzogin und knöpfte zögernd einen ziemlich schmutzigen Glacéhandschuh auf.

»Das sind alle interessanten Dinge, nicht?« sagte Lady Windermere. »*On a fait le monde ainsi*. Aber ich muß Sie vorstellen. Herzogin, das ist Mr. Podgers, mein Lieblingschiromant. Mr. Podgers, das ist die Herzogin von Paisley, und wenn Sie sagen, daß ihr Mondberg größer ist als der meine, dann glaube ich Ihnen nie wieder.«

»Ich bin sicher, Gladys, daß in meiner Hand nichts Derartiges ist«, sagte die Herzogin ernsthaft.

»Euer Gnaden haben ganz recht«, sagte Mr. Podgers und blickte auf die kleine, fette Hand mit den kurzen, dicken Fingern. »Der Mondberg ist nicht entwickelt. Aber die Lebenslinie ist jedenfalls ausgezeichnet. Bitte, beugen Sie ein wenig das Gelenk. Danke. Drei deutliche Linien auf der *Rascette*. Sie werden ein hohes Alter erreichen, Herzogin, und werden außerordentlich glücklich sein. Ehrgeiz – sehr mäßig, Intelligenzlinie – nicht übertrieben. Herzlinie –«

»Jetzt seien Sie einmal indiskret, Mr. Podgers!« rief Lady Windermere.

»Nichts wäre mir erwünschter«, sagte Mr. Podgers und verbeugte sich. »Wenn die Herzogin jemals dazu Anlaß gegeben hätte. Aber ich muß leider sagen, daß ich nichts anderes sehe als eine große Beständigkeit der Neigung, verbunden mit einem strengen Pflichtgefühl.«

»Bitte, fahren Sie nur fort, Mr. Podgers«, sagte die Herzogin und sah sehr vergnügt drein.

»Sparsamkeit ist nicht die letzte von Euer Gnaden Tugenden«, fuhr Mr. Podgers fort, und Lady Windermere brach in lautes Lachen aus.

»Sparsamkeit hat ihr Gutes«, bemerkte die Herzogin gnädig. »Als ich Paisley heiratete, hatte er elf Schlösser und nicht ein einziges Haus, in dem man wohnen konnte.«

»Und jetzt hat er zwölf Häuser und nicht ein einziges Schloß!« rief Lady Windermere.

»Ja, meine Teure«, sagte die Herzogin. »Ich liebe...«

»Den Komfort«, sagte Mr. Podgers. »Und die Errungenschaften der Neuzeit, wie Heizung in jedem Schlafzimmer. Euer Gnaden haben ganz recht. Komfort ist das einzige, was unsere Kultur uns zu geben vermag.«

»Sie haben den Charakter der Herzogin bewundernswürdig getroffen, Mr. Podgers – jetzt müssen Sie uns aber auch den Charakter Lady Floras enthüllen.«

Und auf ein Kopfnicken der lächelnden Hausfrau erhob sich ein hochgewachsenes Mädchen mit rötlichem Haar und hohen Schultern verlegen vom Sofa und streckte ihm eine lange knochige Hand mit spatelförmigen Fingern entgegen.

»Ah, eine Klavierspielerin, wie ich sehe«, sagte Mr. Podgers. »Eine ausgezeichnete Pianistin, aber vielleicht nicht sehr musikalisch. Sehr zurückhaltend, sehr ehrlich. Sie lieben Tiere sehr.«

»Sehr wahr!« rief die Herzogin und wandte sich Lady Windermere zu. »Das ist vollkommen wahr. Flora hält in Macloskie zwei Dutzend Collies und würde auch unser Stadthaus in eine Menagerie verwandeln, wenn der Vater es erlaubte.«

»Wie ich es mit meinem Haus jeden Donnerstagabend tue«, rief Lady Windermere lachend. »Nur habe ich Salonlöwen lieber als Collies.«

»Das ist Ihr einziger Fehler, Lady Windermere«, sagte Mr. Podgers mit einer pompösen Verbeugung.

»Wenn eine Frau ihre Fehler nicht mit Reiz umkleiden kann, ist sie bloß ein Weibchen«, war die Antwort. »Aber Sie müssen uns noch einige Hände lesen. Bitte, Sir Thomas, zeigen Sie doch Mr. Podgers die Ihre!« Und ein lustig dreinschauender alter Herr mit einer weißen Weste kam heran und hielt eine dicke, rauhe Hand hin, deren Mittelfinger sehr lang war.

»Eine Abenteurernatur. Sie haben vier lange Reisen hinter sich und eine vor sich. Sie haben dreimal Schiffbruch erlitten. Nein, nur zweimal – aber die Gefahr eines Schiffbruchs droht Ihnen auf der nächsten Reise. Streng konservativ, sehr pünktlich. Sie sammeln mit Leidenschaft Kuriositäten. Eine schwere Krankheit zwischen dem sechzehnten und achtzehnten Jahr. Große Erbschaft nach dem dreißigsten Jahr. Große Abneigung gegen Katzen und Radikale.«

»Außerordentlich!« rief Sir Thomas aus. »Sie müssen unbedingt auch die Hand meiner Frau lesen.«

»Ihrer zweiten Frau«, sagte Mr. Podgers ruhig und hielt Sir Thomas' Hand noch in der seinen fest. »Ihrer zweiten Frau. Es wird mir ein Vergnügen sein.« Aber Lady Marvel, eine melancholisch aussehende Dame mit braunem Haar und sentimentalen Wimpern, lehnte entschieden ab, sich ihre Vergangenheit oder Zukunft enthüllen zu lassen. Und was Lady Windermere auch versuchte, nichts konnte Monsieur de Koloff, den russischen Botschafter, dazu bewegen, auch nur seine Handschuhe auszuziehen. Ja, viele schienen sich zu fürchten, dem seltsamen kleinen Mann mit dem stereotypen Lächeln, der goldenen Brille und den glänzenden Kugelaugen gegenüberzutreten; und als er der armen Lady Fermor klipp und klar vor allen Leuten erklärte, daß sie gar keinen Sinn für Musik habe, aber in Musiker vernarrt sei, fühlte man allgemein, daß Chiromantie eine sehr gefährliche Wissenschaft sei und daß man sie nur unter vier Augen betreiben dürfe.

Lord Arthur Savile aber, der von Lady Fermors unglückseliger Geschichte nichts wußte und Mr. Podgers mit großem Interesse beobachtet hatte, war furchtbar neugierig, sich aus der Hand lesen zu lassen, und da er sich etwas scheute, sich in den Vordergrund zu drängen, ging er durch das Zimmer hinüber zu Lady Windermeres Platz und fragte sie mit reizendem Erröten, ob sie wohl glaube, daß Mr. Podgers ihm den Gefallen tun würde.

»Gewiß, gewiß«, sagte Lady Windermere. »Dazu ist er ja hier. Alle meine Löwen, lieber Lord Arthur, sind dressierte Löwen, die durch den Reifen springen, wenn ich es ihnen befehle. Aber ich sage Ihnen im voraus, daß ich Sybil alles wiedererzählen werde. Sie kommt morgen zum Lunch zu mir – wir haben über Hüte zu reden –, und wenn Mr. Podgers herausfinden sollte, daß Sie einen schlechten Charakter oder Anlage zur Gicht haben oder daß Sie bereits eine Frau besitzen, die irgendwo in Bayswater lebt, so werde ich sie das alles bestimmt wissen lassen!«

Lord Arthur lächelte und schüttelte den Kopf. »Ich fürchte mich nicht«, sagte er, »Sybil kennt mich so gut, wie ich sie kenne.«

»Ach, das tut mir eigentlich leid. Die passende Grundlage für eine Ehe ist gegenseitiges Mißverstehen. Nein, ich bin durchaus nicht zynisch. Ich habe bloß Erfahrung gesammelt, was übrigens fast auf dasselbe hinauskommt ... Mr. Podgers, Lord Arthur Savile ist furchtbar neugierig, was in seiner Hand steht. Aber erzählen Sie ihm nicht, daß er mit einem der schönsten Mädchen Londons verlobt ist, denn das hat bereits vor einem Monat in der *Morning Post* gestanden!«

»Liebe Lady Windermere«, rief die Marquise von Jedburgh. »Lassen Sie Mr. Podgers nur noch einen Augenblick hier! Er hat mir eben gesagt, daß ich zur

Bühne gehen würde, und das interessiert mich schrecklich.«

»Wenn er Ihnen das gesagt hat, Lady Jedburgh, werde ich ihn gewiß sofort abberufen. Kommen Sie gleich herüber, Podgers, und lesen Sie Lord Arthurs Hand.«

»Schön«, sagte Lady Jedburgh und verzog etwas das Mündchen, als sie vom Sofa aufstand. »Wenn man mir nicht erlauben will, zur Bühne zu gehen, will ich wenigstens Publikum sein.«

»Natürlich, wir sind alle Publikum«, sagte Lady Windermere. »Und nun, Mr. Podgers, erzählen Sie uns etwas recht Hübsches. Lord Arthur ist einer meiner besonderen Lieblinge.«

Als aber Mr. Podgers Lord Arthurs Hand erblickte, erblaßte er ganz merkwürdig und sagte gar nichts. Ein Schauer schien ihn zu schütteln, und seine großen, buschigen Augenbrauen zuckten konvulsivisch auf eine ganz seltsame, erregte Art, wie immer, wenn er sich in einer schwierigen Situation befand. Dann traten große Schweißtropfen auf seine gelbe Stirn wie giftiger Tau, und seine dicken Finger wurden kalt und feucht.

Lord Arthur entgingen natürlich diese merkwürdigen Zeichen von Aufregung nicht, und zum erstenmal in seinem Leben empfand er Furcht. Sein erster Gedanke war, aus dem Zimmer zu stürzen, aber er bezwang sich. Es war besser, das Schlimmste zu erfahren, was es auch sein mochte, als in dieser fürchterlichen Ungewißheit zu bleiben.

»Ich warte, Mr. Podgers«, sagte er.

»Wir warten alle«, sagte Lady Windermere in ihrer raschen, ungeduldigen Art, aber der Chiromant gab keine Antwort.

»Wahrscheinlich soll Arthur auch zur Bühne gehen«, sagte Lady Jedburgh. »Und da Sie vorhin gescholten haben, traut sich Mr. Podgers nicht, es zu sagen.«

Plötzlich ließ Mr. Podgers Lord Arthurs rechte Hand fallen und ergriff seine linke; um sie zu prüfen, beugte er sich so tief herab, daß die goldene Fassung seiner Brille die Handfläche zu berühren schien. Einen Augenblick legte sich das Entsetzen wie eine bleiche Maske über sein Gesicht, aber er fand bald seine Kaltblütigkeit wieder und sagte mit einem Blick auf Lady Windermere und mit einem erzwungenen Lächeln: »Es ist die Hand eines reizenden jungen Mannes.«

»Das stimmt natürlich«, antwortete Lady Windermere. »Aber wird er auch ein reizender Ehemann werden? Das möchte ich gern wissen.«

»Das ist die Bestimmung aller reizenden jungen Männer«, sagte Podgers.

»Ich glaube nicht, daß ein Ehemann gar zu reizend sein sollte«, murmelte nachdenklich Lady Jedburgh. »Das ist zu gefährlich.«

»Mein liebes Kind, Ehemänner sind niemals reizend genug!« rief Lady Windermere. »Was ich aber wissen möchte, sind Einzelheiten. Einzelheiten sind nämlich das einzige, was interessant ist. Was wird also Lord Arthur begegnen?«

»In den nächsten Monaten wird Lord Arthur eine Reise machen –«

»Seine Hochzeitsreise natürlich.«

»Und eine Verwandte verlieren.«

»Doch hoffentlich nicht seine Schwester«, sagte Lady Jedburgh mit kläglicher Stimme.

»Bestimmt nicht seine Schwester«, sagte Mr. Podgers mit einer abwehrenden Handbewegung. »Bloß eine entfernte Verwandte.«

»Ich bin schrecklich enttäuscht«, sagte Lady Windermere. »Da habe ich ja morgen Sybil gar nichts zu erzählen. Kein Mensch kümmert sich doch heutzutage um entfernte Verwandte – die sind schon seit Jahren aus der Mode. Jedenfalls werde ich ihr aber raten, ein schwarzes Seidenkleid bereitzuhalten. Es macht sich immer gut in der Kirche ... Nun wollen wir zu Tisch gehen. Gewiß ist alles schon aufgegessen worden, aber vielleicht finden wir doch noch etwas warme Suppe. François war sonst ein Meister in Suppen, aber er beschäftigt sich jetzt so viel mit Politik, daß gar kein Verlaß mehr auf ihn ist. Ich wünschte, General Boulanger würde endlich Ruhe geben. Sie scheinen etwas abgespannt, Herzogin?«

»Nicht im geringsten, teure Gladys«, antwortete die Herzogin und wackelte zur Türe. »Ich habe mich ausgezeichnet unterhalten, und der Chiropodist, ich meine der Chiromant, ist sehr interessant. Flora, wo kann mein Schildpattfächer nur sein? Oh, vielen Dank, Sir Thomas! Und mein Spitzenschal, Flora? Oh, ich danke Ihnen, Sir Thomas, Sie sind sehr liebenswürdig.« Und die würdige Dame kam endlich die Treppe hinunter und hatte ihr Riechfläschchen bloß zweimal fallen lassen.

Die ganze Zeit über hatte Lord Arthur Savile am Kamin gestanden mit einem Gefühl des Schreckens, mit dem läh-

menden Vorgefühl kommenden Unheils. Er lächelte traurig seiner Schwester zu, als sie an Lord Plymdales Arm vorüberkam, reizend anzuschauen mit ihrem roten Brokatkleid und ihren Perlen, und er hörte kaum, als Lady Windermere ihn aufforderte, mit ihr zu kommen. Er dachte an Sybil Merton, und der Gedanke, daß etwas zwischen sie beide treten könnte, verschleierte seine Augen mit Tränen.

Wer ihn ansah, hätte glauben können, die Nemesis habe den Schild der Pallas gestohlen, um ihm das Medusenhaupt vorzuhalten. Er schien in Stein verwandelt, und sein Gesicht war marmorn in seiner Melancholie. Er hatte das verfeinerte Luxusleben eines jungen Mannes von Rang und Vermögen geführt, ein Leben, wunderbar frei von häßlicher Sorge, herrlich in seiner knabenhaften Unbekümmertheit. Zum erstenmal war ihm das furchtbare Geheimnis des Schicksals zum Bewußtsein gekommen, der schreckliche Sinn des Verhängnisses.

Wie wahnsinnig und schrecklich ihm all das erschien! Konnte irgendein furchtbares sündiges Geheimnis, ein blutrotes Zeichen des Verbrechens in seiner Hand geschrieben stehen, in Hieroglyphen, die er selbst nicht zu lesen vermochte, die aber ein anderer zu entziffern verstand? War es nicht möglich, diesen drohenden Dingen zu entgehen? Waren wir denn nichts anderes als Schachfiguren, die eine unsichtbare Macht bewegt, nichts anderes als Gefäße, die ein Töpfer formt, wie es ihm beliebt, um sie mit Schmach oder Ehre zu füllen? Sein Verstand empörte sich dagegen, und doch fühlte er, daß irgendeine Tragödie über ihm hing und daß ihm plötzlich beschieden war, eine unerträgliche Last zu tragen. Wie glücklich sind doch Schauspieler! Sie haben die Wahl, ob sie in der Tragödie oder Komödie auftreten wollen, ob sie leiden oder lustig sein, lachen oder Tränen vergießen wollen. Aber im wirklichen Leben ist das so ganz anders. Die meisten Männer und Frauen sind gezwungen, Rollen zu verkörpern, für die sie gar nicht geeignet sind. Unsere Güldensterns spielen uns den Hamlet vor, und unsere Hamlets müssen scherzen wie Prinz Heinz. Die Welt ist eine Bühne, aber das Stück ist falsch besetzt.

Plötzlich trat Mr. Podgers ins Zimmer. Als er Lord Arthur erblickte, fuhr er zusammen, und sein grobes, dickes Gesicht wurde ganz grünlichgelb. Die Augen der beiden Männer begegneten sich, und einen Augenblick herrschte Schweigen.

»Die Herzogin hat einen ihrer Handschuhe hier vergessen, Lord Arthur, und hat mich gebeten, ihn ihr zu bringen«, sagte endlich Mr. Podgers. »Ach, ich sehe ihn da auf dem Sofa. Guten Abend.«

»Mr. Podgers, ich muß darauf bestehen, daß Sie mir eine Frage, die ich an Sie stellen will, aufrichtig beantworten.«

»Ein anderes Mal, Lord Arthur, die Herzogin wartet. Ich muß wirklich gehen.«

»Sie werden nicht gehen. Die Herzogin hat keine Eile.«

»Man darf Damen nie warten lassen, Lord Arthur«, sagte Mr. Podgers mit seinem matten Lächeln. »Das schöne Geschlecht wird leicht ungeduldig.«

Um Lord Arthurs feingezeichnete Lippen spielte eine stolze Verachtung. Die arme Herzogin hatte für ihn in diesem Augenblick nicht die geringste Bedeutung. Er ging auf Mr. Podgers zu und hielt ihm seine Hand entgegen.

»Sagen Sie mir, was Sie hier gesehen haben«, sagte er. »Sagen Sie mir die Wahrheit. Ich muß sie wissen. Ich bin kein Kind.«

Mr. Podgers Augen blinzelten hinter der goldenen Brille, und er trat unruhig von einem Fuß auf den andern, während seine Finger nervös mit einer dicken Uhrkette spielten.

»Warum glauben Sie denn, Lord Arthur, daß ich mehr in Ihrer Hand gesehen habe, als ich Ihnen gesagt habe?«

»Ich weiß es und bestehe darauf, daß Sie mir sagen, was es war. Ich werde Ihnen natürlich diesen Dienst bezahlen. Ich gebe Ihnen einen Scheck auf hundert Pfund.«

Die grünen Augen blitzten einen Augenblick auf, und dann wurden sie wieder trübe.

»Guineen?« sagte Herr Podgers endlich leise.

»Gewiß. Ich sende Ihnen morgen den Scheck. Wie heißt Ihr Klub?«

»Ich bin in keinem Klub. Das heißt, momentan nicht. Meine Adresse ist ... Aber gestatten Sie mir, Ihnen meine Karte zu geben.« Und Mr. Podgers zog aus seiner Westentasche eine goldgeränderte Visitenkarte und überreichte sie Lord Arthur mit einer tiefen Verbeugung. Auf der Karte stand:

> *Mr. Septimus R. Podgers*
> BERUFSMÄSSIGER CHIROMANT
>
> 103A WEST MOON STREET

»Meine Sprechstunden sind von zehn bis vier«, murmelte Mr. Podgers mechanisch. »Familien haben ermäßigte Preise.«

»Schnell, schnell«, rief Lord Arthur, ganz blaß im Gesicht, und hielt ihm die Hand entgegen. Mr. Podgers blickte sich unruhig um, und dann zog er die schwere Portiere vor die Türe. »Es wird einige Zeit dauern, Lord Arthur, wollen Sie sich nicht lieber setzen?«

»Rasch, rasch!« rief Lord Arthur wieder und stampfte ärgerlich mit dem Fuß auf das Parkett.

Mr. Podgers lächelte, zog aus seiner Brusttasche ein kleines Vergrößerungsglas und wischte es sorgfältig mit seinem Taschentuche ab.

»Ich stehe ganz zu Ihrer Verfügung«, sagte er.

II

Zehn Minuten später stürzte Lord Arthur Savile mit entsetzensbleichem Gesicht, mit Augen, aus denen der Schrecken starrte, aus dem Hause, brach sich Bahn durch die Menge pelzumhüllter Lakaien, die unter der großen, gestreiften Markise herumstanden und nichts zu sehen und zu hören schienen. Die Nacht war bitterkalt, und die Gaslaternen rings auf dem Platze flatterten und zuckten im scharfen Wind. Aber seine Hände waren fieberheiß, und seine Stirn brannte wie Feuer. Er ging weiter und weiter, fast schwankend wie ein Betrunkener. Ein Schutzmann sah ihm neugierig nach, als er an ihm vorübergegangen war, und ein Bettler, der aus einem Torweg herauskroch, um ihn um ein Almosen anzusprechen, schauderte zusammen, denn er sah einen Jammer, der größer war als der seine. Einmal blieb er unter einer Laterne stehen und betrachtete seine Hände. Er glaubte Blutspuren auf ihnen zu entdecken, und ein schwacher Schrei brach von seinen zitternden Lippen.

Mord – das war es, was der Chiromant da gesehen hatte. Mord! Die Nacht selbst schien es zu wissen, und der einsame Wind heulte es ihm ins Ohr. Die dunklen Ecken der Straße waren davon voll. Von den Dächern der Häuser grinste es ihn an.

Zuerst kam er zum Park, dessen dunkles Gehölz ihn festzubannen schien. Er lehnte sich müde gegen das Gitter, kühlte seine Stirn am feuchten Metall und horchte auf das zitternde Schweigen der Bäume. »Mord! Mord!« wiederholte er immer wieder, als ob die Wiederholung den Schrecken des Wortes mindern könnte. Der Klang seiner eigenen Stimme ließ ihn erschauern, aber er hoffte fast, daß das Echo ihn höre und die schlafende Stadt aus ihren Träumen wecke. Er fühlte ein tolles Verlangen, einen der zufällig Vorübergehenden festzuhalten und ihm alles zu sagen.

Dann ging er durch die Oxford Street in enge, verrufene Gäßchen. Zwei Weiber mit geschminkten Gesichtern kicherten hinter ihm her. Aus einem dunklen Hof kam der Lärm von Flüchen und Schlägen, gefolgt von schrillem Geschrei, und zusammengesunken auf feuchten Torstufen sah er die verkrümmten Gestalten der Armut und des Alters. Ein seltsames Mitleid überkam ihn. War diesen Kindern der Sünde und des Elends ihr Ende vorherbestimmt wie ihm das seine? Waren sie wie er bloß Puppen in einem ungeheuerlichen Theater?

Und doch war es nicht das Geheimnis, sondern die Komödie des Leidens, die ihn ergriff, seine absolute Nutzlosigkeit, seine groteske Sinnlosigkeit. Wie schien doch alles zusammenhanglos, wie bar jeder Harmonie! Er war bestürzt über den Zwiespalt zwischen dem schalen Optimismus des Tages und den wirklichen Tatsachen des Lebens. Er war noch sehr jung.

Nach einiger Zeit fand er sich vor der Marylebone Church wieder. Die schweigende Landstraße glich einem langen Band von glänzendem Silber, in das zitternde Schatten hier und da dunkle Flecken einzeichneten. Weit in der Ferne wand sich eine Linie flackernder Gaslaternen, und vor einem kleinen, ummauerten Hause stand ein einsamer Wagen, dessen Kutscher eingeschlafen war. Er ging hastig in der Richtung von Portland Place und sah sich ab und zu um, als fürchte er, verfolgt zu werden. An der Ecke der Rich Street standen zwei Männer und lasen einen kleinen Anschlagzettel an einem Zaun. Ein merkwürdiges Gefühl der Neugier überkam ihn, und er ging hinüber. Als er näher kam, traf sein Blick das Wort »Mord«, das da mit schwarzen Lettern gedruckt stand. Er fuhr zusammen, und ein dunkles Rot schoß in seine Wangen. Es war eine Bekanntmachung, die eine Belohnung aussetzte für jede Nachricht, die dazu führen könnte, einen Mann von mittlerer Größe zwischen dreißig und vierzig Jahren festzunehmen, der einen weichen Hut, schwarzen Rock und karierte Hosen trug und eine Narbe auf der rechten Wange hatte. Er las den Steckbrief wieder und immer wieder und dachte darüber nach, ob der unglückliche Mensch gefangen werden würde und wieso er wohl verwundet worden sei. Vielleicht würde auch einmal sein eigner Name so an den Mauern Londons zu lesen sein! Vielleicht würde auch auf seinen Kopf eines Tages ein Preis gesetzt werden.

Der Gedanke erfüllte ihn mit namenlosem Grauen. Er wandte sich ab und eilte hinaus in die Nacht.

Er wußte kaum, wohin er ging. Er erinnerte sich dunkel, daß er durch ein Labyrinth schmutziger Häuser wanderte, daß er sich in einem riesigen Spinnennetz finsterer Straßen verlor, und es dämmerte schon, als er sich endlich auf dem Piccadilly Circus befand. Als er dann langsam heimwärts, dem Belgrave Square zu ging, begegnete er den großen Marktwagen auf dem Wege nach Covent Garden. Die Fuhrleute in den weißen Rökken, mit ihren lustigen, sonnengebräunten Gesichtern und den derben Krausköpfen, gingen mit festen Schritten neben ihren Wagen her, knallten mit der Peitsche und riefen dann und wann einander etwas zu. Auf einem großen grauen Pferde, dem Leitpferde eines lärmenden Gespanns, saß ein pausbäckiger Junge mit einem Strauß von Primeln an seinem abgenutzten Hut, hielt sich mit seinen kleinen Händen an der Mähne fest und lachte. Und die großen Haufen von Gemüse auf den Wagen, die sich vom Morgenhimmel abhoben, glichen großen Haufen von grünem Nephrit, die sich von den roten Blättern einer wunderbaren Rose abheben.

Lord Arthur fühlte sich merkwürdig bewegt – er wußte selbst nicht, warum. Es lag etwas in der zarten Lieblichkeit des aufdämmernden Morgens, das ihn mit merkwürdiger Gewalt ergriff, und er dachte an all die Tage, die in Schönheit anbrechen und im Sturme enden. Und welch ein seltsames London sahen diese Bauern mit ihren rauhen, fröhlichen Stimmen und ihrem nachlässigen Gehabe! Ein London, frei von der Sünde der Nacht und dem Rauch des Tages, eine bleiche, gespenstische Stadt, eine öde Stadt der Gräber. Er fragte sich, was sie wohl von dieser Stadt dächten, ob sie irgend etwas wüßten von ihrem Glanz und ihrer Schande, von ihren wilden, feuerfarbenen Freuden und ihrem schrecklichen Hunger, von all ihren guten und bösen Taten vom Morgen bis zum Abend. Wahrscheinlich war ihnen die Stadt nur der Markt, auf den sie ihre Früchte und Gemüse brachten, um sie zu verkaufen, und wo sie höchstens einige Stunden verweilten, bis sie wieder die immer noch schweigenden Straßen, die noch schlafenden Häuser hinter sich ließen. Es machte ihm Vergnügen, sie zu beobachten, wie sie vorüberzogen. Rauh, wie sie waren mit ihren schweren, genagelten Schuhen und ihrem schwerfälligen Gang, brachten sie ein Stück Arkadien mit sich. Er fühlte, daß sie mit der Natur gelebt hatten und daß die Natur sie den Frieden gelehrt hatte. Er beneidete sie um alles, was sie nicht wußten.

Als er den Belgrave Square erreicht hatte, war der Himmel blaß-blau, und die Vögel begannen in den Gärten zu zwitschern.

III

Als Lord Arthur erwachte, war es zwölf Uhr, und die Mittagssonne strömte herein durch die elfenbeinfarbenen Seidenvorhänge seines Zimmers. Er stand auf und blickte aus dem Fenster. Ein trüber Glutnebel hing über der großen Stadt, und die Dächer der Häuser flimmerten wie mattes Silber. In dem schimmernden Grün unten auf dem Platze huschten einige Kinder gleich weißen Schmetterlingen hin und her, und auf den Bürgersteigen wimmelte es von Leuten, die in den Park gingen. Niemals war ihm das Leben schöner erschienen, niemals schien alles Böse weiter von ihm entfernt.

Dann kam sein Kammerdiener und brachte ihm eine Tasse Schokolade auf einem Tablett. Nachdem er sie ausgetrunken hatte, schob er eine schwere *Portiere* von pfirsichfarbenem Plüsch beiseite und ging ins Badezimmer. Das Licht fiel sanft von oben durch dünne Scheiben von durchsichtigem Onyx, und das Wasser im Marmorbecken schimmerte wie ein Mondstein. Er stieg rasch hinein, bis die kühlen Wellen ihm Brust und Haare benetzten, und dann tauchte er auch den Kopf unter, als wolle er die Flecken irgendeiner schmachvollen Erinnerung von sich abspülen. Als er heraustieg, fühlte er sich fast beruhigt. Das ausgezeichnete physische Wohlbefinden des Augenblicks beherrschte ihn, wie dies oft bei sehr feingearteten Naturen der Fall ist, denn die Sinne können, wie das Feuer, ebensogut reinigen wie zerstören.

Nach dem Frühstück legte er sich auf den Diwan und zündete sich eine Zigarette an. Auf dem Kaminsims, gerahmt in köstlichen alten Brokat, stand eine große Photographie von Sybil Merton, wie er sie zum ersten Male auf dem Ball von Lady Noel gesehen hatte. Der schmale, entzückend geschnittene Kopf war leicht zur Seite geneigt, als könne der zarte Hals, schlank wie ein Rohr, die Last so vieler Schönheit nicht tragen. Die Lippen waren leicht geöffnet und schienen zu süßer Musik geschaffen. Und all die zarte Reinheit der Jungfräulichkeit blickte wie verwundert aus den träumerischen Augen. Mit ihrem leichten, sich an den Körper schmiegenden Kleide aus *Crêpe de Chine* und ihrem breiten, blattförmigen Fächer glich sie einer jener kleinen, zarten Figuren, die man in den Olivenwäldern bei Tanagra findet. Ein Hauch griechischer Grazie lag auch in der Stellung und Haltung. Und doch war sie nicht *petite*. Sie war einfach von vollendetem Ebenmaß, eine Seltenheit in einer Zeit, wo so viele Frauen entweder übergroß oder zu klein sind.

Als Lord Arthur jetzt das Bild ansah, erfüllte ihn das furchtbare Mitleid, das der Liebe entspringt. Er fühlte, daß sie zu heiraten mit dem Verhängnis des Mordes, das über seinem Haupte schwebte, ein Verrat wäre, gleich dem des Judas, ein Verbrechen, schlimmer als je ein Borgia es erträumt. Welches Schicksal würde ihrer harren, wenn jeder Augenblick ihn rufen konnte, das zu erfüllen, was in seiner Hand geschrieben stand? Welches Leben würden sie führen, indes seine unheilvolle Bestimmung in der Waagschale des Fatums lag! Die Heirat mußte um jeden Preis verschoben werden. Dazu war er unbedingt entschlossen. Fest entschlossen, obwohl er das Mädchen liebte und die bloße Berührung ihrer Fingerspitzen, wenn sie beisammensaßen, ihm jeden Nerv in wunderbarer Wonne erbeben ließ; er erkannte klar, was seine Pflicht war, und war sich bewußt, daß er nicht das Recht hatte zu heiraten, ehe er den Mord begangen hatte. War es einmal geschehen, dann konnte er mit Sybil Merton vor den Altar treten und sein Leben in ihre Hände legen, ohne fürchten zu müssen, unrecht zu handeln. War es einmal geschehen, so konnte er sie in seine Arme schließen, und sie würde niemals für ihn erröten, niemals den Kopf in Schande beugen müssen. Aber geschehen mußte es erst, und je früher, desto besser für beide.

Viele Männer in seiner Lage hätten gewiß den Blumenpfad der Liebeständelei den steilen Höhen der Pflicht vorgezogen. Aber Lord Arthur war zu gewissenhaft, um den Genuß dem Prinzip vorzuziehen. Seine Liebe war mehr als bloße Leidenschaft. Und Sybil war ihm ein Symbol für alles Gute und Edle. Einen Augenblick hatte er einen natürlichen Widerwillen gegen die Tat, die ihm aufgezwungen war, aber das ging rasch vorüber. Sein Herz sagte ihm, daß es keine Sünde, sondern ein Opfer wäre; seine Vernunft erinnerte ihn daran, daß ihm kein anderer Weg offenstünde. Er hatte zu wählen zwischen einem Leben für sich selbst und einem Leben für andere, und so schrecklich zweifellos die Aufgabe war, die er erfüllen mußte, er wußte doch, daß er den Eigennutz nicht über die

Liebe triumphieren lassen dürfe. Früher oder später werden wir alle vor dieselbe Entscheidung gestellt, wird uns dieselbe Frage vorgelegt. An Lord Arthur trat sie früh im Leben heran – ehe sein Charakter von dem berechnenden Zynismus der mittleren Jahre verdorben war, bevor sein Herz zerfressen war von dem oberflächlichen Mode-Egoismus unserer Tage, und er zögerte nicht, seine Pflicht zu tun. Zu seinem Glücke war er kein bloßer Träumer, kein müßiger Dilettant. Wäre er das gewesen, würde er gezögert haben wie Hamlet, und die Unentschlossenheit hätte seinen Willen gelähmt. Aber er war eine durch und durch praktische Natur. Das Leben bestand für ihn mehr im Handeln als im Denken. Er besaß das Seltenste auf Erden: gesunden Menschenverstand.

Die wilden, verworrenen Empfindungen der vergangenen Nacht waren mittlerweile verschwunden, und er blickte beinahe mit einem Gefühl von Scham auf seine kopflose Wanderung von Straße zu Straße, auf den wütenden Aufruhr in seiner Seele zurück. Gerade die Wahrheit seiner Qualen ließ sie ihm jetzt unwirklich erscheinen. Er fragte sich verwundert, warum er so töricht gewesen sei, gegen das Unvermeidliche zu toben und zu rasen. Die einzige Frage, die ihn jetzt zu quälen schien, war, wen er umbringen sollte; denn er war nicht blind gegen die Tatsache, daß der Mord, wie die Religionsübungen der heidnischen Welt, ebenso ein Opfer verlangt wie einen Priester. Da er kein Genie war, hatte er keine Feinde, und er fühlte auch, daß es jetzt nicht an der Zeit wäre, irgendeine persönliche Antipathie oder Ranküne zu befriedigen, daß vielmehr die Aufgabe, die ihm auferlegt war, eine große und tiefe Feierlichkeit erforderte. Er setzte also auf einem Blatt Papier eine Liste seiner Freunde und Verwandten auf und entschied sich nach langer Überlegung für Lady Clementina Beauchamp, eine gute alte Dame, die in der Curzon Street wohnte und die seine Cousine zweiten Grades von Mutterseite her war. Er hatte Lady Clem, wie alle in der Familie sie nannten, immer sehr gern gehabt, und da er selbst sehr wohlhabend war – er hatte bei seiner Volljährigkeit den ganzen Besitz Lord Rugbys geerbt –, so bestand nicht die Möglichkeit, daß man ihm gemeine Geldinteressen an ihrem Tod unterschieben könnte. Je mehr er über die Sache nachdachte, desto mehr schien sie ihm die richtige zu sein, und da er fühlte, daß jeder Aufschub unrecht gegen Sybil sein würde, entschloß er sich, sofort seine Vorbereitungen zu treffen.

Zuallererst mußte natürlich die Angelegenheit mit dem Chiromanten geordnet werden; er setzte sich also an einen kleinen Sheratonschreibtisch, der am Fenster stand, und schrieb einen Scheck über hundertfünf Pfund aus, zahlbar an Mr. Septimus Podgers, steckte die Anweisung in einen Umschlag und gab seinem

Diener den Auftrag, ihn nach der West Moon Street zu bringen. Dann liess er seinen Wagen kommen und zog sich zum Ausgehen an. Bevor er das Zimmer verließ, warf er noch einen Blick auf Sybil Mertons Bild zurück und schwor sich zu, daß, was auch kommen möge, er sie nie wissen lassen würde, was er jetzt um ihretwillen tue; er würde vielmehr das Geheimnis seiner Selbstaufopferung immer in seinem Herzen bewahren.

Auf dem Wege zu seinem Klub ließ er vor einem Blumenladen halten und schickte Sybil einen wundervollen Korb mit Narzissen mit entzückenden weißen Blütenblättern und starren Fasanenaugen. Als er in seinem Klub ankam, ging er sofort in das Bibliothekszimmer, klingelte dem Diener und ließ sich ein Glas Selterswasser mit Zitrone und ein Buch über Toxicologie bringen. Er war sich vollkommen darüber klar, daß Gift das beste Mittel für sein schwieriges Unternehmen sei. Jede persönliche Gewaltanwendung widerstrebte ihm durchaus, und überdies wollte er Lady Clementina entschieden nicht auf eine Weise umbringen, die öffentliche Aufmerksamkeit erregen konnte. Der Gedanke, bei Lady Windermeres Empfängen zum Löwen des Tages gemacht zu werden oder seinen Namen in den Spalten gemeiner Klatschblätter zu finden, war ihm ein Greuel. Außerdem mußte er an Sybils Eltern denken, die ziemlich altmodische Leute waren und sich vielleicht der Heirat widersetzen könnten, wenn es jetzt irgendeinen Skandal gab; trotzdem war er vollkommen davon überzeugt, daß sie, wenn er ihnen den wahren Sachverhalt mitteilte, die ersten wären, die Motive, die ihn zur Tat getrieben hatten, zu würdigen. Alles war also dazu angetan, ihn zur Wahl von Gift zu bestimmen. Das war sicher, ruhig und unfehlbar, und man vermied dabei alle peinlichen Szenen, gegen die er, wie die meisten Engländer, eine eingewurzelte Abneigung hatte.

In der Giftkunde aber waren seine Kenntnisse gleich Null, und da der Diener in der Bibliothek nichts darüber finden konnte als *Ruff's Guide* und *Bailey's Magazine*, sah er selbst in den Büchergestellen nach und stieß schließlich auf eine hübsch gebundene Ausgabe der *Pharmacopœia* und ein Exemplar von Erskines *Toxicologie*, herausgegeben von Sir Mathew Reid, dem Präsidenten der Königlichen Physikalischen Gesellschaft und einem der ältesten Mitglieder des Klubs, in den er irrtümlich an Stelle eines andern aufgenommen worden war – ein Versehen, das das Komitee so geärgert hatte, daß es, als der richtige Mann erschien, ihn einstimmig durchfallen ließ. Lord Arthur kannte sich in den Fachausdrücken der beiden Bücher gar nicht aus und begann schon bitter zu bereuen, daß er in Oxford nicht fleißiger die klassischen Sprachen studiert hatte, als er im zweiten Bande von Erskine einen sehr interessanten und vollständigen Bericht über die

Eigenschaften des Akonits fand, der ziemlich klar geschrieben war. Das schien ihm gerade das Gift zu sein, das er brauchte. Es wirkte schnell – seine Wirkung wurde sogar augenblicklich genannt –, vollkommen schmerzlos, und, wenn man es in einer Gelatinekapsel nahm, wie dies Sir Mathew empfahl, schmeckte es keineswegs unangenehm. Er notierte sich also auf seiner Manschette die für einen letalen Ausgang notwendige Dosis, stellte die Bücher auf ihren Platz zurück und schlenderte in die St. James Street zu *Pestle & Humbey's*, dem großen Chemikaliengeschäft. Mr. Pestle, der die Aristokratie immer selbst bediente, war einigermaßen überrascht über den Auftrag und murmelte in sehr untertäniger Weise etwas über die Notwendigkeit einer ärztlichen Verordnung. Als ihm aber Lord Arthur erklärte, daß er das Gift für eine große dänische Dogge brauche, die er töten müsse, weil sie Zeichen beginnender Tollwut zeige und den Kutscher bereits zweimal in die Wade gebissen habe, war er vollkommen zufriedengestellt, beglückwünschte Lord Arthur zu seinen ausgezeichneten Kenntnissen in der Toxicologie und ließ das Gewünschte sofort herstellen.

Lord Arthur legte die Kapsel in eine hübsche, kleine Silberbonbonniere, die er in der Bond Street in einer Auslage sah, warf die häßliche Pillenschachtel von *Pestle & Humbey's* weg und fuhr sofort zu Lady Clementina.

»Ei, *Monsieur le mauvais sujet!*« rief die alte Dame, als er ins Zimmer trat. »Warum hast du dich denn so lange nicht bei mir blicken lassen?«

»Meine teure Lady Clem, ich hatte wirklich keinen Augenblick Zeit«, sagte Lord Arthur und lächelte.

»Willst du damit vielleicht sagen, daß du den ganzen Tag herumläufst, um mit Sybil Merton Einkäufe zu machen und Unsinn zu schwatzen? Ich verstehe gar nicht, warum die Menschen soviel Wesens davon machen, wenn sie heiraten.

Zu meiner Zeit dachte kein Mensch daran, aus diesem Anlaß öffentlich oder heimlich zu girren und zu schnäbeln.«

»Ich versichere dich, ich habe Sybil seit vierundzwanzig Stunden nicht gesehen, Lady Clem. Soweit ich in Erfahrung bringen konnte, ist sie ganz und gar in den Händen ihrer Modistinnen.«

»Natürlich – das ist auch der einzige Grund, warum du einer alten, häßlichen Frau wie mir einen Besuch machst! Daß ihr Männer euch doch nicht warnen laßt! *On a fait des folies pour moi* – und heute sitze ich da, ein armes rheumatisches Wesen mit einem falschen Scheitel und schlechter Laune! ... Wahrhaftig, wenn mir nicht die liebe Lady Jansen die schlechtesten französischen Romane schickte, die sie auftreiben kann, ich wüßte nicht, was ich mit meinem Tag anfangen sollte. Ärzte taugen gar nichts, höchstens Honorare können sie einem abpressen. Nicht einmal mein Sodbrennen können sie heilen.«

»Ich habe dir ein Mittel dagegen mitgebracht, Lady Clem«, sagte Lord Arthur ernst. »Ein ganz ausgezeichnetes Mittel. Ein Amerikaner hat es erfunden.«

»Weißt du, ich liebe amerikanische Erfindungen nicht sehr, Arthur. Eigentlich ganz und gar nicht. Neulich habe ich ein paar amerikanische Romane gelesen, die waren der reine Unsinn.«

»Dies Mittel ist aber durchaus nicht unsinnig, Lady Clem. Ich versichere dich, es wirkt außerordentlich. Du mußt mir versprechen, es zu versuchen.« Und Lord Arthur zog die kleine Büchse aus der Tasche und übergab sie ihr.

»Die Büchse ist wirklich reizend, Arthur. Ist das ein Geschenk? Das ist aber wirklich lieb von dir. Und das ist das Wundermittel? Es sieht aus wie ein Bonbon. Ich werd' es gleich mal nehmen.«

»Um Gottes willen, Lady Clem«, rief Lord Arthur und hielt ihre Hand fest. »Tu das nicht. Es ist ein homöopathisches Mittel. Wenn du es nimmst, ohne Sodbrennen zu haben, kann es dir nur schaden. Du mußt warten, bis du einen Anfall hast, und es dann nehmen. Der Erfolg wird dich überraschen.«

»Ich möchte es aber gleich nehmen«, sagte Lady Clementina und hielt die kleine, durchsichtige Kapsel mit dem darin schwimmenden Tropfen Akonit gegen das Licht. »Es schmeckt gewiß ausgezeichnet. Doktoren hasse ich, aber einnehmen tue ich ganz gern. Also meinetwegen, ich werde mir's aufheben bis zum nächsten Anfall.«

»Und wann wird der sein?« fragte Lord Arthur eifrig. »Bald?«

»Ich hoffe, diese Woche nicht mehr. Gestern früh ging es mir sehr schlecht. Aber man weiß ja nie.«

»Aber du wirst doch sicher noch einen Anfall vor Ende des Monats haben, Lady Clem?«

»Das befürchte ich leider. Aber wie mitfühlend du heute bist, Arthur! Sybil hat wirklich einen sehr guten Einfluß auf dich! Jetzt mußt du aber gehen, denn ich habe ein paar sehr langweilige Menschen zum Essen eingeladen, die nicht die geringste Skandalgeschichte kennen, und wenn ich jetzt nicht mein Schläfchen mache, bin ich bestimmt nicht imstande, während des Essens wachzubleiben. Leb wohl, Arthur, grüß Sybil von mir und vielen Dank für das amerikanische Mittel.«

»Du wirst nicht vergessen, es zu nehmen, Lady Clem, nicht wahr?« sagte Lord Arthur und stand von seinem Stuhl auf.

»Gewiß nicht, mein Junge. Es war sehr nett von dir, daß du an mich gedacht hast, und ich werde dir schreiben, wenn ich noch mehr davon nötig habe!«

Lord Arthur verließ das Haus in froher Laune und mit dem Gefühl ungeheurer Erleichterung.

Am Abend hatte er eine Unterredung mit Sybil Merton. Er sagte ihr, daß er plötzlich in eine furchtbar schwierige

Situation geraten sei, von der weder Ehre noch Pflicht ihm zurückzutreten gestatte. Er sagte ihr, daß die Hochzeit verschoben werden müsse, denn ehe er sich nicht aus seinen furchtbaren Verpflichtungen gelöst habe, sei er kein freier Mann. Er bat sie, ihm zu vertrauen und wegen der Zukunft keine Zweifel zu hegen. Alles würde wieder in Ordnung kommen, nur Geduld sei notwendig.

Das Gespräch fand im Wintergarten bei Mertons in Park Lane statt, wo Lord Arthur, wie gewöhnlich, zum Diner geblieben war. Sybil war ihm nie glückstrahlender erschienen, und einen Augenblick war Lord Arthur versucht gewesen, feige zu sein, an Lady Clementina wegen der Pille zu schreiben und es bei dem festgesetzten Hochzeitstermine zu lassen, als ob es überhaupt keinen Menschen namens Podgers auf der Welt gäbe. Aber sein besseres Ich gewann doch die Oberhand, und selbst als Sybil sich ihm weinend in die Arme warf, wurde er nicht

schwach. Ihre Schönheit, die seine Sinne
erregte, rührte auch an sein Gewissen. Er
fühlte, daß es unrecht wäre, ein so herrliches Leben um einiger Monate willen
zu zerstören.

Er blieb fast bis Mitternacht mit Sybil
beisammen, tröstete sie und ließ sich von
ihr trösten. Am nächsten Morgen reiste
er nach Venedig, nachdem er in einem
männlich entschlossenen Briefe Mr. Merton die notwendige Verschiebung der
Hochzeit mitgeteilt hatte.

IV

In Venedig traf er seinen Bruder, Lord
Surbiton, der eben in seiner Yacht von
Korfu angekommen war. Die beiden
jungen Leute verbrachten zwei wundervolle Wochen zusammen. Des Morgens
ritten sie auf dem Lido oder glitten in
ihrer schwarzen Gondel die grünen
Kanäle auf und ab. Am Nachmittag

empfingen sie Besuche auf ihrer Yacht. Und am Abend dinierten sie bei Florian und rauchten ungezählte Zigaretten auf der Piazza. Aber Lord Arthur war nicht glücklich. Jeden Tag studierte er die Totenliste in der *Times*, immer in der Erwartung, auf Lady Clementinens Todesnachricht zu stoßen, aber jeden Tag wurde er enttäuscht. Er begann zu fürchten, daß ihr irgendein Unfall zugestoßen sei, und bedauerte oft, daß er sie daran gehindert hatte, das Akonit zu nehmen, als sie so begierig darauf war, die Wirkung des Mittels zu erproben. Auch Sybils Briefe, so voll von Liebe, Vertrauen und Zärtlichkeit sie auch waren, klangen oft sehr traurig, und manchmal war ihm zumute, als sei er von ihr für ewig geschieden.

Nach vierzehn Tagen hatte Lord Surbiton von Venedig genug und beschloß, längs der Küste nach Ravenna zu fahren, da er gehört hatte, es gäbe dort wundervolle Gelegenheit, Wasserhühner zu schießen. Lord Arthur weigerte sich anfangs entschieden mitzukommen, aber Surbiton, den er sehr gern hatte, überzeugte ihn schließlich, daß er, wenn er allein bei Danieli bliebe, sich unfehlbar zu Tode langweilen würde, und so fuhren sie denn am Morgen des 15. bei einer kräftigen Nordostbrise und ziemlich rauher See ab. Die Jagd war ausgezeichnet, und das Leben in freier Luft färbte Lord Arthurs Wangen wieder; aber um den 22. herum wurde er wieder ängstlich wegen Lady Clementina, und Surbitons Gegenvorstellungen zum Trotz reiste er mit der Bahn nach Venedig zurück.

Als er vor den Stufen des Hotels aus der Gondel stieg, kam ihm der Hotelwirt mit einem Haufen Telegramme entgegen. Lord Arthur riß sie ihm aus der Hand und öffnete sie. Alles war nach Wunsch gegangen. Lady Clementina war ganz plötzlich in der Nacht des 17. gestorben.

Sein erster Gedanke galt Sybil, und er telegraphierte ihr, daß er sofort nach

London zurückkehre. Dann befahl er seinem Kammerdiener, alles für den Nachtzug einzupacken, schickte dem Gondoliere etwa das Fünffache der Taxe und eilte leichtfüßig und frohen Herzens auf sein Zimmer. Dort erwarteten ihn drei Briefe. Der eine war von Sybil, voller Sympathie und Teilnahme, die anderen waren von seiner Mutter und von Lady Clementinens Anwalt. Es schien, daß die alte Dame noch am Abend mit der Herzogin gespeist hatte; sie hatte alle Welt durch ihren Witz und Geist entzückt, war aber frühzeitig nach Hause gegangen, da sie über Sodbrennen klagte. Des Morgens fand man sie tot in ihrem Bette. Sie hatte offenbar keinerlei Schmerz erduldet. Man hatte sofort nach Sir Mathew Reid geschickt, aber es war natürlich nichts mehr zu machen gewesen, und so sollte sie am 22. in Beauchamp Chalcote begraben werden. Einige Tage vor ihrem Tode hatte sie ihr Testament gemacht. Sie hinterließ Lord Arthur ihr kleines Haus in der Curzon Street mit seiner ganzen Einrichtung, mit ihrem ganzen persönlichen Besitz und allen Gemälden mit Ausnahme ihrer Miniaturensammlung, die sie ihrer Schwester, Lady Margarete Ruffort, vermachte, und ihres Amethystenkolliers, das Sybil Merton erhalten sollte. Der Besitz hatte keinen großen Wert. Aber Mr. Mansfield, der Anwalt, drängte, daß Lord Arthur so rasch als möglich heimkehre, da eine ganze Menge Rechnungen zu bezahlen wären, weil Lady Clementina nie rechte Ordnung in ihren Geldangelegenheiten gehalten hätte.

Lord Arthur war sehr gerührt, daß Lady Clementina so gütig seiner gedacht hatte, und er fühlte, daß eigentlich nur Mr. Podgers daran schuld sei. Aber seine Liebe zu Sybil brachte jedes andere Gefühl zum Schweigen, und das Bewußtsein, seine Pflicht getan zu haben, gab ihm Ruhe und Frieden. Als er in Charing Cross ankam, fühlte er sich vollkommen glücklich. Die Mertons empfingen ihn sehr liebenswürdig. Sybil ließ sich von ihm hoch und heilig versprechen, daß er nun nichts mehr zwischen sie beide treten lassen würde, und die Hochzeit wurde auf den 7. Juni festgesetzt. Das Leben schien ihm noch einmal so hell und schön, und sein alter Frohsinn kehrte zurück.

Eines Tages aber ging er mit Lady Clementinens Anwalt und Sybil in das Haus in der Curzon Street. Er verbrannte Pakete vergilbter Briefe, und sie kramte aus Schubladen allerhand merkwürdiges Zeug. Plötzlich schrie das junge Mädchen ganz entzückt auf.

»Was hast du gefunden, Sybil?« sagte Lord Arthur und sah lächelnd auf.

»Diese entzückende kleine Silberbonbonniere, Arthur. Ist sie nicht reizend? Holländische Arbeit, nicht wahr? Sei so gut und gib sie mir. Ich weiß ja doch, daß mir Amethyste nicht stehen werden, ehe ich nicht über achtzig bin.«

Es war das Büchschen, in dem das Akonit gewesen war.

Lord Arthur schrak zusammen, und ein schwaches Rot stieg in seine Wangen. Er hatte seine Tat schon fast völlig vergessen, und es schien ihm ein merkwürdiges Zusammentreffen, daß Sybil, um derentwillen er all die furchtbare Angst durchgemacht, nun die erste war, die ihn an sie erinnerte.

»Natürlich kannst du es haben, Sybil. Ich selbst habe es Lady Clem geschenkt.«

»Oh, ich danke dir, Arthur. Und nicht wahr, ich darf das Bonbon auch haben? Ich wußte gar nicht, daß Lady Clementina Süßigkeiten gern hatte. Ich glaubte immer, sie sei dazu viel zu intellektuell.«

Lord Arthur wurde totenbleich, und ein furchtbarer Gedanke schoß ihm durchs Gehirn.

»Ein Bonbon, Sybil – was meinst du damit?« sagte er mit leiser, heiserer Stimme.

»Es ist nur eins darin, ein einziges. Aber es sieht schon ganz alt und staubig aus, und ich habe durchaus nicht die Absicht, es zu essen. Aber – was ist dir denn, Arthur, du bist ja ganz blaß geworden?!«

Lord Arthur sprang auf und ergriff das Büchschen. Darin lag die bernsteinfarbene Kapsel mit dem Gifttropfen. Lady Clementina war also eines ganz natürlichen Todes gestorben!

Die Entdeckung warf ihn fast um. Er schleuderte die Kapsel ins Feuer und sank mit einem Schrei der Verzweiflung aufs Sofa.

V

Mr. Merton war einigermaßen unwillig, als er von einer zweiten Verschiebung der Hochzeit hörte, und Lady Julia, die bereits ihre Toilette für die Hochzeit bestellt hatte, tat alles, was in ihrer Macht lag, um Sybil zur Lösung des Verlöbnisses zu bewegen. Sosehr aber auch Sybil ihre Mutter liebte, sie hatte nun einmal ihr Leben in Arthurs Hände gelegt, und nichts, was Lady Julia auch sagen mochte, konnte ihren Glauben an ihn erschüttern. Lord Arthur brauchte Tage, bis er über die furchtbare Enttäuschung hinwegkam, und eine Zeitlang waren seine Nerven total erschöpft. Aber sein ausgezeichneter Menschenverstand machte sich bald wieder geltend, und sein gesunder, praktischer Sinn ließ ihn nicht lange darüber im Zweifel, was nun zu tun sei. Da er mit dem Gift einen so vollkommenen Mißerfolg gehabt hatte, mußte er jetzt die Sache offenbar mit Dynamit oder einem anderen Explosivstoff versuchen.

Er sah also nochmals die Liste seiner Freunde und Verwandten durch, und nach sorgfältiger Überlegung entschloß er sich, seinen Onkel, den Dechanten von Chichester, in die Luft zu sprengen. Der Dechant, ein hochgebildeter und sehr gelehrter Mann, war ein großer Liebhaber von Uhren und besaß eine wundervolle Uhrensammlung (vom fünfzehnten Jahrhundert bis zur Gegenwart), und Lord Arthur glaubte nun, daß dieses Steckenpferd des guten Dechanten ihm eine ausgezeichnete Gelegenheit biete, seinen Plan auszuführen. Wie und woher sich aber eine Höllenmaschine verschaffen – das war freilich eine andere Sache. Im Londoner Adreßbuch fand er keine Bezugsquelle dafür angegeben, und er fühlte, daß es ihm wenig nützen würde, sich an die Polizeidirektion zu wenden, da man dort über die Bewegungen der politischen Partei, die mit Dynamit argumentierte, immer erst nach einer Explosion etwas erfuhr und auch dann noch herzlich wenig.

Plötzlich dachte er an seinen Freund Rouvaloff, einen jungen Russen von höchst revolutionärer Gesinnung, den er bei Lady Windermere im Laufe des Winters kennengelernt hatte. Es hieß, daß Graf Rouvaloff eine Geschichte Peters des Großen schreibe und daß er nach England gekommen sei, um die Dokumente zu studieren, die sich auf den Aufenthalt des Zaren als Schiffszimmermann in diesem Lande beziehen. Aber man glaubte allgemein, daß er ein nihilistischer Agent sei, und zweifellos war seine Gegenwart in London der russischen Botschaft nicht sehr angenehm. Lord Arthur fühlte, daß das gerade der Mann sei, den er brauche, und so fuhr er denn eines Morgens zu ihm nach Bloomsbury, um von ihm Rat und Hilfe zu erbitten.

»Sie wollen sich also ernstlich mit Politik beschäftigen?« sagte Graf Rouvaloff, als Lord Arthur ihm den Zweck seines Besuchs genannt hatte. Aber Lord Arthur, der jede Prahlerei haßte, fühlte sich verpflichtet, ihm mitzuteilen, daß er nicht das geringste Interesse an sozialen Fragen habe und die Höllenmaschine bloß für eine Familienangelegenheit brauche, die nur ihn allein angehe.

Graf Rouvaloff sah ihn einige Augenblicke verblüfft an; als er aber dann merkte, daß Lord Arthur ganz ernsthaft blieb, schrieb er eine Adresse auf ein Stück Papier, zeichnete es mit seinen Anfangsbuchstaben und reichte es ihm dann über den Tisch hinüber.

»Die Polizei würde ein hübsches Stück Geld dafür bezahlen, diese Adresse zu erfahren, mein lieber Freund.«

»Aber sie soll sie nicht kriegen«, lachte Lord Arthur. Er schüttelte dem Russen die Hand, lief die Treppe hinunter und befahl, nachdem er einen Blick auf das Papier geworfen hatte, dem Kutscher, nach dem Soho Square zu fahren.

Dort schickte er den Wagen weg und ging die Greek Street hinunter, bis er zu einem Platze kam, der Bayle's Court genannt wird. Er ging durch den Torweg und befand sich in einer merkwürdigen Sackgasse, in der sich offenbar eine Wäscherei befand, denn ein Netzwerk von Wäscheleinen war von Haus zu Haus gespannt, und weiße Wäsche flatterte in der Morgenluft. Er ging bis zum Ende der Sackgasse und klopfte an ein kleines, grünes Haus. Nach einiger Zeit, während der an jedem Fenster des Hofes ein dichter Schwarm neugieriger Gesichter erschien, wurde die Tür von einem Ausländer mit groben Zügen geöffnet, der ihn in einem sehr schlechten Englisch fragte, was er wünsche. Lord Arthur reichte ihm das Papier, das Graf Rouvaloff ihm gegeben hatte. Als der Mann es sah, verbeugte er sich tief und bat Lord Arthur, in ein sehr schäbiges Zimmer zu ebener Erde einzutreten; einige Minuten später trat geschäftig Herr Winckelkopf, wie er in England genannt wurde, ins Zimmer, mit einer fleckigen Serviette um den Hals und einer Gabel in der Hand.

»Graf Rouvaloff hat mir eine Empfehlung an Sie gegeben«, sagte Lord Arthur mit einer leichten Verbeugung. »Und ich möchte gern in einer geschäftlichen Angelegenheit eine kurze Unterredung mit Ihnen haben. Mein Name ist Smith, Robert Smith, und ich möchte mir bei Ihnen eine Explosionsuhr verschaffen.«

»Es freut mich sehr, Sie zu sehen, Lord Arthur«, sagte der muntere, kleine Deutsche lachend. »Blicken Sie nicht so bestürzt drein. Es ist meine Pflicht, jedermann zu kennen, und ich erinnere mich, Sie eines Abends bei Lady Windermere gesehen zu haben. Die Gnädige befindet sich doch hoffentlich wohl? ... Wollen Sie mir nicht das Vergnügen machen, mir Gesellschaft zu leisten, indes ich mein Frühstück beende? Es gibt eine wundervolle Pastete, und meine Freunde behaupten, daß mein Rheinwein besser ist als irgendein Tropfen auf der deutschen Botschaft.«

Und ehe Lord Arthur seine Überraschung, erkannt worden zu sein, überwunden hatte, saß er schon im Hinterzimmer, schlürfte den köstlichsten Markobrunner aus einem blaßgelben Römer mit dem kaiserlichen Monogramm und plauderte in der freundschaftlichsten Weise mit dem berühmten Verschwörer.

»Explosionsuhren«, sagte Herr Winkkelkopf, »eignen sich nicht sehr für den Export ins Ausland. Selbst wenn es ihnen gelingt, den Zoll zu passieren, ist der Bahndienst so unregelmäßig, daß sie gewöhnlich losgehen, bevor sie ihren Bestimmungsort erreicht haben. Wenn Sie aber so etwas für den eigenen Bedarf nötig haben, kann ich mit einer ausgezeichneten Ware dienen und garantiere Ihnen, daß Sie mit der Wirkung zufrieden sein werden. Darf ich fragen, für wen das Ding bestimmt ist? Sollte es für die Polizei bestimmt sein oder für irgend jemand, der mit der Polizeidirektion in Verbindung steht, so kann ich zu meinem großen Leidwesen nichts für Sie tun. Die englischen Detektive sind in der Tat unsere besten Freunde, und ich habe immer gefunden, daß wir tun können, was wir wollen, wenn wir uns nur auf ihre Dummheit verlassen. Ich möchte keinen von ihnen missen.«

»Ich versichere Sie«, sagte Lord Arthur, »daß die Sache mit der Polizei nicht das geringste zu schaffen hat. Die Uhr ist für den Dechanten von Chichester bestimmt.«

»O du meine Güte! Ich hätte gar nicht gedacht, daß Sie in religiösen Fragen so radikale Ansichten haben, Lord Arthur! Nur wenige junge Leute denken heute so.«

»Ich fürchte, Sie überschätzen mich, Herr Winckelkopf«, sagte Lord Arthur und errötete. »Ich kümmere mich gar nicht um theologische Dinge.«

»So handelt es sich also um eine reine Privatsache?«

»Um eine reine Privatsache!«

Herr Winckelkopf zuckte die Achseln, verließ das Zimmer und kam nach einigen Minuten zurück mit einer runden Dynamitpatrone in der Größe eines Pennystückes und einer hübschen, kleinen, französischen Uhr, auf der eine vergoldete Figur der Freiheit stand, die mit dem Fuß die Hydra des Despotismus zertrat.

Lord Arthurs Gesicht leuchtete auf, als er die Uhr sah. »Das ist gerade, was ich brauche. Nun sagen Sie mir nur, wie die Geschichte losgeht.«

»Ach – das ist mein Geheimnis«, sagte Herr Winckelkopf, indem er seine Erfindung mit einem Blick berechtigten Stolzes betrachtete. »Sagen Sie mir nur, wann die Uhr explodieren soll, dann werde ich die Maschine auf die Sekunde einstellen.«

»Also heute ist Dienstag, und wenn Sie die Uhr gleich wegschicken können?...«

»Das ist unmöglich. Ich habe für einige Freunde in Moskau eine Menge wichtiger Sachen zu erledigen. Aber ich kann sie morgen wegschicken.«

»Oh, das ist früh genug«, sagte Lord Arthur höflich. »Dann wird sie morgen abend oder Donnerstag früh zugestellt. Also nehmen wir als Moment der Explosion Freitag Punkt zwölf Uhr mittag. Um diese Stunde ist der Dechant immer zu Hause.«

»Freitag mittag«, wiederholte Herr Winckelkopf und machte eine Notiz in ein großes Hauptbuch, das auf einem Schreibtisch beim Kamine lag.

»Und nun lassen Sie mich wissen«, sagte Lord Arthur, von seinem Sitze aufstehend, »was ich Ihnen schuldig bin.«

»Es ist eine solche Kleinigkeit, Lord Arthur, daß ich nichts daran verdienen will. Das Dynamit kommt auf sieben Schilling Sixpence, die Uhr macht drei Pfund zehn, Emballage und Porto fünf Schilling. Es ist mir ein Vergnügen, einem Freund des Grafen Rouvaloff gefällig zu sein!«

»Und Ihre Mühe, Herr Winckelkopf?«

»Oh – durchaus nicht! Es ist mir wirklich ein Vergnügen. Ich arbeite nicht für Geld. Ich lebe nur für meine Kunst.«

Lord Arthur legte vier Pfund, zwei Schilling und sechs Pence auf den Tisch, dankte dem kleinen deutschen Herrn für seine Liebenswürdigkeit, und nachdem es ihm gelungen war, eine Einladung zu einem kleinen Anarchistentee für den nächsten Sonnabend abzulehnen, verließ er das Haus und ging in den Park.

In den nächsten zwei Tagen war er in einem Zustand höchster Erregung, und Freitag um zwölf Uhr fuhr er in seinen Klub, um auf Nachrichten zu warten. Den ganzen Nachmittag schlug der dumme Portier Telegramme aus allen Teilen des Landes an, mit Resultaten von Pferderennen, Urteilen in Ehescheidungssachen, dem Wetterbericht und ähnlichen Dingen, während auf dem schmalen Band im Telegraphenapparat langweilige Details über eine Nachtsitzung im Unterhause und eine kleine Panik an der Börse erschienen. Um vier Uhr kamen die Abendblätter, und Lord Arthur verschwand in der Bibliothek mit der *Pall Mall*, der *St. James Gazette*, dem *Globus* und dem *Echo* unter dem Arm, zur ungeheueren Entrüstung des Colonel Goodchild, der den Bericht über die Rede lesen wollte, die er am Morgen im Mansion

House gehalten hatte – über das Thema der südafrikanischen Missionen und über die Zweckmäßigkeit schwarzer Bischöfe in jeder Provinz –, und der aus irgendeinem Grunde ein tiefes Vorurteil gegen die *Evening News* hatte. Aber keine der Zeitungen enthielt die geringste Anspielung auf Chichester, und Lord Arthur fühlte, daß das Attentat mißlungen sein müsse. Das war ein furchtbarer Schlag für ihn, und eine Zeitlang fühlte er sich ganz niedergedrückt. Herr Winckelkopf, den er am nächsten Tage aufsuchte, erging sich in Entschuldigungen und bot ihm zum Ersatz ganz kostenlos eine andere Uhr an oder eine Schachtel mit Nitroglyzerinbomben zum Selbstkostenpreis. Aber Lord Arthur hatte alles Vertrauen zu den Sprengstoffen verloren, und Herr Winckelkopf selbst gab zu, daß heutzutage alles so verfälscht werde, daß man selbst Dynamit kaum in gutem Zustande erhalten könne. Der kleine deutsche Herr räumte zwar ein, daß etwas in der Maschinerie nicht gestimmt haben müsse, aber er gab die Hoffnung doch nicht auf, daß die Uhr noch losgehen könnte, und zitierte als Beispiel ein Barometer, das er einmal an den Militärgouverneur von Odessa geschickt habe und das so eingestellt worden war, daß es in zehn Tagen explodieren sollte, aber erst nach etwa drei Monaten losging. Allerdings wurde, als das Barometer endlich losging, nur ein Hausmädchen in Stücke zerrissen, denn der Gouverneur hatte die Stadt bereits seit sechs Wochen verlassen. Aber es war dadurch doch wenigstens festgestellt, daß Dynamit als zerstörende Kraft unter der Kontrolle der Maschine ein mächtiger, wenn auch etwas unpünktlich wirkender Faktor ist. Lord Arthur war durch die Bemerkung einigermaßen getröstet, aber auch hier drohte ihm bald eine Enttäuschung, denn als er zwei Tage später die Treppe hinaufstieg, rief ihn die Herzogin in ihr *Boudoir* und zeigte ihm einen Brief, den sie aus dem Dechanat erhalten hatte. »Jane schreibt entzükkende Briefe«, sagte die Herzogin. »Du mußt wirklich ihren letzten lesen. Er ist genauso gut wie die Romane, die wir aus der Leihbibliothek bekommen.«

Lord Arthur riß ihr den Brief aus der Hand. Er lautete folgendermaßen:

»Dechanat Chichester,
den 27. Mai.

Teuerste Tante!

Ich danke Dir vielmals für den Flanell für die Dorcas-Gesellschaft und auch für das Baumwollzeug. Ich bin ganz Deiner Meinung, daß es Unsinn ist, wenn die Leute hübsche Sachen tragen wollen, aber alle sind nun einmal heute so radikal und unreligiös, daß es ihnen schwer begreiflich zu machen ist, wie unpassend es ist, sich so zu kleiden wie die besseren Klassen. Ich weiß wirklich nicht, wohin wir noch kommen werden. Wie Papa so oft in seinen Predigten sagt: wir leben in einer Zeit des Unglaubens.

Wir haben großen Spaß mit einer Uhr gehabt, die ein unbekannter Verehrer am letzten Donnerstag Papa geschickt hat. Sie kam in einer frankierten Holzschachtel aus London. Papa meint, der Absender müsse jemand sein, der seine bemerkenswerte Predigt: ›Ist Zügellosigkeit Freiheit?‹ gelesen hat, denn auf der Uhr steht die Figur eines Frauenzimmers, und Papa sagte, daß sie die Freiheitsmütze auf dem Kopfe trage. Ich fand die Figur nicht gerade sehr passend, aber Papa sagte, sie sei historisch, und so ist wohl alles in Ordnung. Parker packte die Uhr aus, und Papa stellte sie auf den Kaminsims im Bibliothekszimmer. Dort saßen wir alle Freitag vormittag, und gerade, als die Uhr zwölf schlug, hörten wir ein schnarrendes Geräusch. Eine kleine Rauchwolke kam aus dem Postament der Figur, die Göttin der Freiheit fiel herunter, und ihre Nase zerbrach am Kaminvorsetzer. Marie war ganz außer sich, aber die Sache war so komisch, daß James und ich in Lachen ausbrachen und auch Papa seinen Spaß daran hatte. Als wir die Geschichte näher untersuchten, fanden wir, daß die Uhr eine Art Weckuhr ist. Wenn man sie auf eine bestimmte Stunde einstellt und ein bißchen Schießpulver und ein Zündhütchen unter einen kleinen Hammer legt, geht sie los, wann man will. Papa sagte, sie dürfe nicht im Bibliothekszimmer bleiben, weil sie zuviel Lärm mache. So nahm sie Reinhold mit ins Schulzimmer und macht dort den ganzen Tag nichts als kleine Explosionen. Glaubst Du, daß Arthur sich über so eine Uhr als Hochzeitsgeschenk freuen würde? Ich glaube, daß diese Uhren in London jetzt in Mode sind. Papa meint, daß sie sehr viel Gutes stiften könnten, denn sie zeigten, daß die Freiheit keinen Bestand habe, sondern fallen müsse. Papa sagt, daß die Freiheit zur Zeit der Französischen Revolution erfunden worden ist. Wie schrecklich!...

Ich gehe jetzt in die Dorcas-Gesellschaft, wo ich den Leuten Deinen sehr lehrreichen Brief vorlesen werde. Wie wahr, liebe Tante, ist doch Dein Gedanke, daß sie in ihrer Lebensstellung keine gutsitzenden Kleider zu tragen brauchen. Ich muß wirklich sagen, daß ihre Sorge für die Kleidung einfach unsinnig ist, da es doch so viele wichtigere Dinge gibt, sowohl in dieser Welt wie in jener. Ich freue mich sehr, daß der geblümte Popelin so gut gehalten hat und daß Deine Spitzen nicht zerrissen sind. Ich werde jetzt die gelbe Seide tragen, die Du so lieb warst mir zu schenken – bei Bischofs am Mittwoch –, und ich glaube, sie wird sich sehr gut machen. Meinst Du, daß ich Schleifen nehmen soll oder nicht? Jennings sagt, daß jetzt alle Welt Schleifen trägt und daß der *Jupon* plissiert sein müsse. Gerade hat Reinhold wieder eine Explosion gemacht, und Papa hat befohlen, daß die Uhr in den Stall geschafft wird. Ich glaube, daß Papa

sie nicht mehr so gern hat wie anfangs,
obwohl er sich sehr geschmeichelt fühlt,
daß man ihm solch ein hübsches und
geistvolles Spielzeug geschickt hat. Es
zeigt eben wieder, daß die Leute seine
Predigten lesen und Nutzen aus ihnen
ziehen.

Papa schickt beste Grüße, ebenso
James, Reinhold und Maria. Ich hoffe,
daß es Onkel Cecil mit seiner Gicht besser geht, und bleibe, teure Tante, Deine
Dich innigst liebende Nichte

Jane Percy.

P. S. Bitte sage mir Deine Meinung
über die Schleifen. Jennings bleibt dabei,
daß sie Mode sind.«

Lord Arthur blickte so ernst und unglücklich auf den Brief, daß die Herzogin in Lachen ausbrach.

»Mein lieber Arthur«, rief sie. »Ich
werde dir nie wieder Briefe von jungen

Damen zeigen. Was soll ich aber zu der Uhr sagen? Das ist ja eine großartige Erfindung, ich möchte auch so eine haben.«

»Ich halte nicht viel davon«, sagte Lord Arthur mit einem traurigen Lächeln, küßte seiner Mutter die Hand und verließ das Zimmer.

Als er oben in seinem Zimmer war, streckte er sich auf das Sofa, und seine Augen füllten sich mit Tränen. Er hatte getan, was in seinen Kräften stand, um einen Mord zu begehen, aber beide Male war es ihm mißlungen, und nicht durch seine Schuld. Er hatte versucht, seine Pflicht zu tun, aber es schien, als ob das Schicksal sich selbst untreu geworden wäre. Ihn bedrückte die Erkenntnis, daß gute Vorsätze nutzlos waren, daß jeder Versuch, korrekt zu sein, vergeblich war. Vielleicht wäre es besser, das Verlöbnis ein für allemal zu lösen? Gewiß – Sybil würde leiden, aber Leid konnte einer so edlen Natur wie der ihren nichts anhaben. Und er selbst? Es gibt immer einen Krieg, in dem ein Mann sterben kann, immer eine Sache, für die ein Mann sein Leben opfern kann, und da das Leben keine Freude mehr für ihn hatte, hatte der Tod keinen Schrecken mehr für ihn. Das Schicksal sollte nur selbst sein Urteil vollziehen – er würde keinen Finger mehr rühren, ihm dabei zu helfen! ...

Um halb acht kleidete er sich an und ging in den Klub. Surbiton war da mit einer Menge junger Leute, und er mußte mit ihnen speisen. Ihr triviales Gespräch und ihre faulen Witze interessierten ihn nicht, und als der Kaffee aufgetragen worden war, erfand er eine Verabredung, um fortzukommen. Als er den Klub verlassen wollte, übergab ihm der Portier einen Brief. Er war von Herrn Winckelkopf, der ihn einlud, ihn am nächsten Abend zu besuchen und sich einen Explosivschirm anzusehen, der losging, wenn man ihn öffnete. Es sei die allerneueste Erfindung und eben erst aus Genf gekommen. Er riß den Brief in Stücke. Er war entschlossen, keine weiteren Versuche mehr zu machen. Dann ging er hinunter zum Themseufer und saß stundenlang am Fluß. Der Mond blickte durch eine Mähne lohfarbener Wolken wie das Auge eines Löwen, und zahllose Sterne funkelten im weiten Raum wie Goldstaub, ausgestreut über eine purpurne Kuppel. Dann und wann schaukelte eine Barke auf dem trüben Strom und schwamm dahin mit der Flut, und die Eisenbahnsignale wechselten von Grün zu Rot, wenn die Züge ratternd über die Brücke fuhren. Nach einiger Zeit schlug es zwölf Uhr vom hohen Westminsterturm, und bei jedem Tone der dröhnenden Glocke schien die Nacht zu erzittern. Dann erloschen die Eisenbahnlichter, nur eine einsame Lampe brannte weiter und glühte wie ein großer Rubin an einem Riesenmast, und der Lärm der Stadt wurde schwächer.

Um zwei Uhr stand er auf und schlenderte in der Richtung nach Blackfriars zu. Wie unwirklich alles aussah! Wie in einem seltsamen Traum! Die Häuser auf der anderen Seite des Flusses schienen aus der Finsternis emporzuwachsen. Es war, als hätten Silber und Schatten die Welt neu geformt. Die mächtige Kuppel von St. Paul ragte undeutlich aus der dunklen Luft auf wie eine Wasserblase.

Als er sich Cleopatra's Needle näherte, sah er einen Mann über die Brüstung gelehnt, und als er näher kam, blickte der Mann auf, und das Licht einer Gaslaterne fiel voll auf sein Gesicht.

Es war Mr. Podgers, der Chiromant! Das fette, schlaffe Gesicht, die goldene Brille, das matte Lächeln, der sinnliche Mund waren nicht zu verkennen.

Lord Arthur blieb stehen. Eine glänzende Idee zuckte ihm durch den Kopf, und leise trat er hinter Mr. Podgers. Im Nu hatte er ihn bei den Füßen gepackt und in die Themse geworfen. Ein rauher

Fluch, ein hohes Aufspritzen – dann war alles still. Lord Arthur blickte ängstlich nach unten, aber er sah vom Chiromanten nichts mehr als einen hohen Hut, der sich in einem Wirbel des mondbeschienenen Wassers drehte. Nach einiger Zeit versank auch der Hut, und keine Spur von Mr. Podgers war mehr sichtbar. Einen Augenblick glaubte er zu sehen, wie die dicke, unförmige Gestalt aus dem Wasser nach der Treppe bei der Brücke griff, und eine furchtbare Angst, daß wieder alles mißlungen sei, überkam ihn, aber es stellte sich als eine bloße Einbildung heraus, die vorüberging, als der Mond hinter einer Wolke hervortrat. Endlich schien er die Bestimmung des Schicksals erfüllt zu haben! Ein tiefer Seufzer der Erleichterung hob seine Brust, und Sybils Namen kam auf seine Lippen.

»Haben Sie etwas fallen lassen, Sir?« sagte plötzlich eine Stimme hinter ihm.

Er wandte sich um und sah einen Polizisten mit einer Blendlaterne.

»Nichts von Bedeutung, Wachtmeister!« antwortete er lächelnd, rief einen vorüberfahrenden Wagen an, sprang hinein und befahl dem Kutscher, nach dem Belgrave Square zu fahren.

Während der nächsten Tage schwankte er zwischen Hoffnung und Furcht. Es gab Augenblicke, in denen er fast glaubte, Mr. Podgers müsse jetzt ins Zimmer treten, und dann fühlte er wieder, daß das Schicksal nicht so ungerecht gegen ihn sein könne. Zweimal ging er zur Wohnung des Chiromanten in der West Moon Street, aber er brachte es nicht über sich, die Glocke zu ziehen. Er sehnte sich nach Gewißheit und fürchtete sie gleichzeitig.

Endlich kam die Gewißheit. Er saß im Rauchzimmer seines Klubs, trank seinen Tee und hörte zerstreut zu, wie Surbiton vom letzten *Couplet* in der Gaiety erzählte, als der Diener mit den Abendblättern hereinkam. Er nahm die *St. James Gazette* zur Hand und blätterte verdrossen darin, als eine merkwürdige Überschrift seinen Blick fesselte:

Selbstmord eines Chiromanten.

Er wurde blaß vor Aufregung und begann zu lesen. Der Artikel lautete:

Gestern früh um sieben Uhr ist der Leichnam des Mr. Septimus R. Podgers, des berühmten Chiromanten, bei Greenwich, gerade gegenüber dem Shiphotel, ans Ufer gespült worden. Der Unglückliche wurde seit einigen Tagen vermißt, und in chiromantischen Kreisen war man seinetwegen in größter Besorgnis. Es ist anzunehmen, daß er infolge einer durch Überarbeitung verursachten geistigen Störung Selbstmord begangen hat, und in diesem Sinne hat sich auch heute nachmittag die Totenschaukommission ausgesprochen. Mr. Podgers hatte soeben eine große Abhandlung über die menschliche Hand vollendet, die demnächst erscheinen und gewiß großes Aufsehen erregen wird. Der Verstorbene war 65 Jahre alt, und es scheint, daß er keine Verwandten hinterlassen hat.

Lord Arthur stürzte aus dem Klub, die Zeitung noch immer in der Hand, zur großen Verwunderung des Portiers, der ihn vergeblich aufzuhalten suchte, und fuhr sofort nach Park Lane. Sybil sah ihn vom Fenster aus kommen, und eine innere Stimme sagte ihr, daß er gute Nachrichten bringe. Sie lief hinunter, ihm entgegen, und als sie sein Gesicht sah, wußte sie, daß alles gut stünde.

»Meine liebe Sybil«, rief Lord Arthur. »Wir heiraten morgen!«

»Du dummer Bub – die Hochzeitskuchen sind ja noch nicht einmal bestellt!« sagte Sybil und lachte unter Tränen.

VI

Als drei Wochen später die Hochzeit stattfand, war St. Peter gedrängt voll von einer wahren Horde eleganter Leute. Der Dechant von Chichester vollzog die heilige Handlung in eindrucksvollster Weise, und alle Welt war einig, daß man nie ein hübscheres Paar gesehen habe als Braut und Bräutigam. Aber sie waren mehr als hübsch, denn sie waren glücklich. Keinen Augenblick bedauerte Lord Arthur, was er um Sybils willen alles erlitten hatte, während sie ihrerseits ihm das Beste gab, was eine Frau einem Mann geben kann: Anbetung, Zärtlichkeit und Liebe. Für sie beide hatte die Realität des Lebens seine Romantik nicht getötet. Sie fühlten sich immer jung.

Einige Jahre später, als ihnen bereits zwei schöne Kinder geboren waren, kam Lady Windermere zu Besuch nach Alton Priory, einem entzückenden alten Schloß, das der Herzog seinem Sohne zur Hochzeit geschenkt hatte. Und als sie eines Nachmittags mit Lady Arthur unter einer Linde im Garten saß und zusah, wie das Bübchen und das kleine Mädchen gleich munteren Sonnenstrahlen auf dem Rosenweg spielten, nahm sie plötzlich die Hände der jungen Frau in die ihren und sagte:

»Sind Sie glücklich, Sybil?«

»Teuerste Lady Windermere, natürlich bin ich glücklich. Sind Sie es nicht?«

»Ich habe keine Zeit, glücklich zu sein, Sybil. Ich habe immer den letzten Menschen gern, den man mir vorstellt. Aber gewöhnlich habe ich gleich von den Leuten genug, wenn ich sie näher kennenlerne.«

»Ihre Löwen genügen Ihnen also nicht mehr, Lady Windermere?«

»O Gott, nein. Löwen sind höchstens gut für eine Saison. Sind einmal ihre Mähnen geschnitten, sind sie die dümmsten Wesen auf Erden. Überdies benehmen sie sich meist sehr schlecht, wenn man nett zu ihnen ist. Erinnern Sie sich noch an den gräßlichen Mr. Podgers? Er war ein schrecklicher Schwindler. Natürlich ließ ich mir nichts merken, und selbst wenn er Geld von mir borgte, verzieh ich ihm – nur, daß er mir den Hof machte, konnte ich nicht vertragen. Er hat es tatsächlich so weit gebracht, daß ich die Chiromantie hasse. Ich schwärme jetzt für Telepathie – das ist viel amüsanter.«

»Sie dürfen hier nichts gegen die Chiromantie sagen, Lady Windermere. Das ist der einzige Gegenstand, auf den Arthur nichts kommen läßt. Ich versichere Sie, daß es ihm damit vollkommen ernst ist.«

»Sie wollen doch damit nicht etwa sagen, daß er wirklich daran glaubt, Sybil?«

»Fragen Sie ihn doch selbst, Lady Windermere – da ist er.« Lord Arthur kam den Garten herauf mit einem großen Strauß gelber Rosen in der Hand, und seine zwei Kinder umtanzten ihn.

»Lord Arthur!«

»Ja, Lady Windermere.«

»Wollen Sie mir wirklich einreden, daß Sie an Chiromantie glauben?«

»Ganz gewiß glaube ich daran!« antwortete der junge Mann lächelnd.

»Aber warum denn?«

»Weil ich der Chiromantie das ganze Glück meines Lebens verdanke«, murmelte er und setzte sich in einen Korbsessel.

»Was verdanken Sie ihr, lieber Lord Arthur?«

»Sybil«, antwortete er und überreichte seiner Frau die Rosen und schaute in ihre blauen Augen.

»Was für ein Unsinn!« rief Lady Windermere. »Ich habe in meinem ganzen Leben noch nicht solchen Unsinn gehört.«

Die Sphinx ohne Geheimnis

Eine Radierung

Eines Nachmittags saß ich vor dem Café de la Paix und betrachtete den Glanz und die Schäbigkeit des Pariser Lebens und bewunderte hinter meinem Glas Wermut das merkwürdige Panorama von Stolz und Armut, das sich vor mir entwickelte. Da hörte ich, wie jemand meinen Namen rief. Ich wandte mich um und sah Lord Murchison. Wir waren einander nicht begegnet, seitdem wir vor beinah zehn Jahren zusammen studierten, und so war ich denn entzückt, ihn wiederzusehen, und wir schüttelten uns herzlich die Hände. In Oxford waren wir gute Freunde gewesen. Ich hatte ihn riesig gern gehabt, denn er war sehr hübsch, gradsinnig und anständig. Wir pflegten von ihm zu sagen, daß er gewiß der beste Kerl wäre, wenn er nur nicht immer die Wahrheit spräche. Aber ich glaube, wir bewunderten ihn ehrlich, gerade wegen seiner Offenherzigkeit. Ich fand ihn ziemlich verändert. Er sah ängstlich und zerstreut aus und schien über irgend etwas im Zweifel zu sein. Ich dachte mir, das könne kein moderner Skeptizismus sein, Murchison war durch und durch Tory und glaubte so fest an den Pentateuch wie an das Oberhaus. So schloß ich denn, daß es sich offenbar um eine Frau handle, und fragte ihn, ob er schon verheiratet sei.

»Ich verstehe Frauen zu wenig«, antwortete er.

»Mein lieber Gerald«, sagte ich. »Frauen wollen geliebt, nicht verstanden sein.«

»Ich kann nicht lieben, wo ich nicht vertrauen kann«, antwortete er.

»Ich glaube, es gibt ein Geheimnis in deinem Leben, Gerald«, rief ich aus. »Erzähle es mir doch!«

»Wollen wir nicht zusammen eine Spazierfahrt machen? Hier ist mir's zu voll«, antwortete er. »Nein, keinen gelben Wagen, lieber eine andere Farbe. Ja, der dunkelgrüne dort ist mir recht.« Und einige Augenblicke später fuhren wir den Boulevard in der Richtung nach der Madeleine hinunter.

»Wohin wollen wir?« sagte ich.

»Wohin du willst«, antwortete er. »Zum Restaurant im Bois. Wir werden dort dinieren, und du wirst mir von dir erzählen.«

»Ich möchte erst etwas von dir hören«, sagte ich. »Erzähle mir dein Geheimnis.«

Er zog ein kleines silberbeschlagenes Saffianetui aus der Tasche und reichte es mir. Ich öffnete es – es enthielt die Photographie einer Frau. Sie war hoch und schlank und sah seltsam malerisch aus mit ihren großen, träumerischen Augen und dem offenen Haar. Sie sah aus wie eine Hellseherin und war in einen kostbaren Pelz gehüllt.

»Was hältst du von dem Gesicht?« fragte er. »Kann man ihm trauen?«

Ich betrachtete es aufmerksam. Das Gesicht sah aus wie das eines Menschen, der ein Geheimnis hat, aber ich hätte nicht sagen können, ob dies Geheimnis gut oder böse ist. Ihre Schönheit war eine aus vielen Geheimnissen gebildete Schönheit

– eine Schönheit psychischer, nicht plastischer Natur –, und das schwache Lächeln, das ihre Lippen umspielte, war viel zu überlegen, als daß es wirklich süß hätte sein können.

»Nun«, rief er ungeduldig, »was sagst du zu ihr?«

»Eine Gioconda in Zobel«, antwortete ich. »Erzähl mir doch Näheres von ihr.«

»Nicht jetzt«, sagte er. »Nach Tisch.« Und er begann von anderen Dingen zu sprechen.

Als der Kellner uns den Kaffee und die Zigaretten gebracht hatte, erinnerte ich Gerald an sein Versprechen. Er stand auf und ging zwei- oder dreimal auf und ab, ließ sich dann in einen Lehnstuhl fallen und erzählte mir folgende Geschichte.

»Eines Abends«, sagte er, »ging ich nach fünf Uhr die Bond Street hinunter. Es herrschte ein furchtbares Gewirr von Wagen, und der Verkehr stockte fast völlig. Ganz nahe am Bürgersteig stand ein kleiner gelber Einspänner, der aus irgendeinem Grunde meine Aufmerksamkeit erregte. Als ich daran vorüberging, blickte mich das Gesicht an, das ich dir eben gezeigt habe. Es fesselte mich sofort. Die ganze Nacht und den ganzen nächsten Tag über dachte ich daran. Ich lief die verflixte Straße immer auf und ab, guckte in jeden Wagen und wartete auf den gelben Einspänner. Aber ich konnte *ma belle inconnue* nicht finden, und schließlich begann ich zu glauben, daß es nur ein Traum gewesen sei. Etwa eine Woche später dinierte ich bei Madame de Rastail. Das Diner war auf acht Uhr angesetzt, aber um halb neun wartete man noch immer im Salon. Endlich öffnete der Diener die Tür und meldete eine Lady Alroy. Es war die Frau, die ich gesucht hatte. Sie kam sehr langsam herein, sah aus wie ein Mondstrahl in grauen Spitzen, und zu meinem unbeschreiblichen Entzücken wurde ich aufgefordert, sie zu Tische zu führen. Als wir uns gesetzt hatten, bemerkte ich ganz unschuldig: ›Ich glaube, ich habe Sie vor einiger Zeit in der Bond Street gesehen, Lady Alroy.‹ Sie wurde sehr blaß und sagte leise zu mir: ›Bitte, sprechen Sie nicht so laut, man könnte Sie hören.‹ Ich fühlte mich sehr unbehaglich, daß ich mich so schlecht bei ihr eingeführt hatte, und stürzte mich kopfüber in ein Gespräch über das französische Theater. Sie sprach sehr wenig, immer mit derselben leisen, musikalischen Stimme und schien immer Angst zu haben, daß jemand zuhören könne. Ich verliebte mich leidenschaftlich, wahnsinnig in sie, und die unbeschreibliche Atmosphäre des Geheimnisses, die sie umgab, erregte aufs heftigste meine brennende Neugier. Als sie fortging – und sie ging sehr bald nach dem Diner fort –, fragte ich sie, ob ich ihr meinen Besuch machen dürfe. Sie zögerte einen Augenblick, sah sich um, ob jemand in der Nähe sei, und sagte dann: ›Ja, – morgen um dreiviertel fünf.‹ Ich bat Madame de Rastail, mir etwas

über sie zu sagen, aber alles, was ich erfahren konnte, war, daß sie Witwe sei und ein wunderschönes Haus in Park Lane besitze. Als dann irgendein wissenschaftlicher Schwätzer eine lange Abhandlung über Witwen begann, um an Beispielen zu beweisen, daß die Überlebenden stets die zur Ehe Geeignetsten seien, stand ich auf und ging nach Hause. Am nächsten Tag erschien ich in Park Lane pünktlich zur angegebenen Stunde, aber der Kammerdiener sagte mir, daß Lady Alroy eben ausgegangen sei. Ich ging in meinen Klub, unglücklich und voller Unruhe. Nach langer Überlegung schrieb ich ihr einen Brief, in dem ich anfragte, ob es mir erlaubt sei, an einem anderen Tage mein Glück zu versuchen. Einige Tage lang erhielt ich keine Antwort, aber endlich bekam ich ein kleines Briefchen, in dem stand, daß sie Sonntag um vier Uhr zu Hause sein würde, und das folgendes sonderbare Postskriptum enthielt: ›Bitte, schreiben Sie mir nicht mehr hierher. Ich werde Ihnen den Grund bei unserem Wiedersehen sagen.‹ Am Sonntag empfing sie mich und war entzückend. Als ich fortging, bat sie mich, wenn ich ihr wieder einmal schriebe, den Brief an Mrs. Knox, c/o Whittakers Buchhandlung, Green Street, zu senden. ›Es gibt Gründe, warum ich in meinem Hause keine Briefe empfangen kann‹, sagte sie.

Den ganzen Winter hindurch sah ich sie sehr oft, und die Atmosphäre des Geheimnisses verließ sie nie. Manchmal glaubte ich, sie sei in der Gewalt irgendeines Mannes, aber sie sah immer so unnahbar aus, daß ich diese Meinung bald aufgab. Es war für mich sehr schwer, zu irgendeinem Ergebnis zu kommen, denn sie glich jenen seltsamen Kristallen, die man in Museen findet und die einen Augenblick ganz klar und dann wieder ganz trüb sind. Endlich entschloß ich mich, ihr einen Antrag zu machen. Ich war ganz krank und erschöpft von dem fortwährenden Geheimnis, mit dem sie alle meine Besuche und die wenigen Briefe, die ich ihr sandte, umgab. Ich schrieb ihr also in die Buchhandlung, um sie zu fragen, ob sie mich am nächsten Montag um sechs Uhr empfangen könne. Sie antwortete mit ›Ja‹, und ich war im siebenten Himmel des Entzückens. Ich war ganz behext von ihr – *trotz* des Geheimnisses, dachte ich damals, *wegen* des Geheimnisses, weiß ich jetzt. Nein, es war die Frau selbst, die ich liebte. Das Geheimnis beunruhigte mich, machte mich toll. Warum hat der Zufall mir auf die Spur geholfen?«

»Du hast es also entdeckt!« rief ich aus.

»Ich fürchte fast«, antwortete er. »Urteile selbst.

Als der Montag kam, ging ich mit meinem Onkel frühstücken, und etwa um vier Uhr war ich in der Marylebone Road. Wie du weißt, wohnt mein Onkel am Regent's Park. Ich wollte nach Piccadilly und schnitt den Weg ab, indem ich durch eine Menge armseliger, kleiner Straßen ging. Plötzlich sah ich vor mir Lady Alroy, tief verschleiert und eilenden Schrittes. Als sie zum letzten Haus der Straße kam, ging sie die Stufen hinauf, zog einen Drücker aus der Tasche, öffnete und trat ein. Hier ist also das Geheimnis, sagte ich zu mir selbst. Ich stürzte vor und betrachtete das Haus. Es schien eine Art Absteigequartier zu sein. Auf der Türschwelle lag ihr Taschentuch, das sie hatte fallen lassen. Ich hob es auf und steckte es in die Tasche. Dann begann ich darüber nachzudenken, was ich tun sollte. Ich kam zu dem Schluß, daß ich kein Recht hätte, ihr nachzuspionieren, und fuhr in meinen Klub. Um sechs machte ich ihr meinen Besuch. Sie lag auf dem Sofa, in einem silberdurchwirkten Schlafrock mit einer Spange von seltsamen Mondsteinen, die sie immer trug. Sie sah entzückend aus. ›Ich freue mich, Sie zu sehen‹, sagte sie. ›Ich war den ganzen Tag nicht aus.‹ Ich sah sie ganz verblüfft an, dann zog ich ihr Taschentuch aus meiner Tasche und übergab es ihr.

›Sie haben dieses Taschentuch heute nachmittag in der Cumnor Street verloren, Lady Alroy‹, sagte ich sehr ruhig. Sie sah mich ganz erschrocken an, machte aber keine Bewegung, das Taschentuch zu nehmen. ›Was haben Sie dort getan?‹ fragte ich. – ‹Welches Recht haben Sie, mich das zu fragen?‹ antwortete sie. – ›Das Recht eines Mannes, der Sie liebt. Ich kam hierher, um Sie zu bitten, meine Frau zu werden.‹ Sie verbarg ihr Gesicht in den Händen und brach in eine Tränenflut aus. ›Sie müssen mir alles sagen‹, fuhr ich fort. Sie stand auf, blickte mir voll ins Gesicht und sagte: ›Lord Murchison, ich habe nichts zu sagen.‹ – ›Sie wollten dort jemand treffen‹, schrie ich, ›das ist Ihr Geheimnis.‹ Sie wurde schrecklich bleich und sagte: ›Ich wollte niemand treffen.‹ ›Können Sie nicht die Wahrheit sagen?‹ rief ich aus. ›Ich habe sie gesagt‹,

antwortete sie. Ich war toll, außer mir.
Ich weiß nicht, was ich ihr gesagt habe,
aber es waren furchtbare Dinge. Endlich
stürzte ich aus dem Hause. Sie schrieb mir
am nächsten Tage einen Brief. Ich sandte
ihn ihr ungeöffnet zurück und fuhr mit
Alan Colville nach Norwegen. Nach
einem Monat kam ich zurück, und das
erste, was ich in der Morgenpost las, war
die Todesnachricht von Lady Alroy. Sie
hatte sich in der Oper erkältet und war
fünf Tage später an einer Lungenentzündung gestorben. Ich schloß mich ein und
sah niemanden. Ich hatte sie wahnsinnig
geliebt. Großer Gott, wie habe ich dieses
Weib geliebt!«

»Du gingst natürlich in die Straße und
in das Haus«, sagte ich.

»Ja«, antwortete er.

»Eines Tages ging ich nach der Cumnor Street. Ich konnte einfach nicht anders – der Zweifel quälte mich. Ich
klopfte an die Tür, und eine würdig aussehende Dame öffnete mir. Ich fragte, ob

sie nicht ein Zimmer zu vermieten hätte. ›Ja, Sir!‹ sagte sie. ›Mein Salon ist eigentlich vermietet, aber ich habe die Dame seit drei Monaten nicht gesehen. Und da das Zimmer nicht bezahlt ist, können Sie es haben.‹ ›Ist das diese Dame?‹ fragte ich und zeigte ihr das Bild. ›Gewiß!‹ rief sie aus, ›das ist sie. Und wann kommt sie denn zurück?‹ ›Die Dame ist tot‹, antwortete ich. ›O mein Gott‹, sagte die Frau. ›Sie war meine beste Mieterin. Sie hat mir drei Guineen die Woche bezahlt, um ab und zu hier im Salon zu sitzen.‹ ›Traf sie jemand?‹ fragte ich. Aber die Frau versicherte mir, daß sie immer allein kam und niemand traf. ›Was, um Gottes willen, hat sie dann hier getan?‹ rief ich aus. ›Sie saß bloß im Salon, las Bücher und trank manchmal eine Tasse Tee‹, antwortete die Frau. Ich wußte nicht, was ich sagen sollte, und so gab ich ihr einen Sovereign und ging. – Was glaubst du, hat das alles bedeutet? Glaubst du, daß die Frau die Wahrheit gesagt hat?«

»Gewiß glaube ich das«, antwortete ich.

»Warum ist Lady Alroy dann aber hingegangen?«

»Mein lieber Gerald«, antwortete ich. »Lady Alroy war einfach eine Frau mit der Manie für das Geheimnisvolle. Sie hat das Zimmer aus Vergnügen daran genommen, tiefverschleiert hingehen zu können und sich einzubilden, sie sei eine Romanheldin. Sie hatte die Leidenschaft der Geheimnistuerei, aber sie selbst war bloß eine Sphinx ohne Geheimnis.«

»Glaubst du das wirklich?«

»Ich bin davon überzeugt«, antwortete ich.

Er nahm das Saffianetui aus der Tasche, öffnete es und blickte auf das Bild. »Wer weiß?« sagte er endlich.

Das Gespenst von Canterville

Eine hylo-idealistische Romanze

Als Mr. Hiram B. Otis, der amerikanische Botschafter, Schloß und Gut Canterville kaufte, da gab es keinen Menschen, der ihm nicht gesagt hätte, daß er eine große Torheit begehe, denn es sei über jeden Zweifel erhaben, daß es im Schloß spuke. Ja, sogar Lord Canterville, ein untadeliger Ehrenmann, hatte es für seine Pflicht erachtet, als die Kaufbedingungen erörtert wurden, Mr. Otis gegenüber diesen Umstand zu erwähnen.

»Wir selber haben keinen Wert darauf gelegt, das Schloß zu bewohnen«, sagte Lord Canterville, »seit dem Abend, da zwei Knochenhände sich meiner Großtante, der verwitweten Herzogin von Bolten, auf die Schultern legten, als sie sich gerade zum Abendessen anzog; der Schreck war so groß, daß sie davon einen Nervenzusammenbruch erlitt, von dem sie sich nie völlig erholt hat. Ich fühle mich verpflichtet, Ihnen ferner mitzuteilen, Mr. Otis, daß das Gespenst von mehreren lebenden Mitgliedern meiner Familie gesehen wurde, aber auch von dem Pfarrer der Gemeinde, dem Reverend Augustus Dampier, der immerhin Professor am King's College in Cambridge ist. Nach dem unglückseligen Geschehnis mit der Herzogin wollte keiner unserer jüngeren Dienstleute im Haus bleiben, und Lady Canterville konnte häufig genug nachts kaum schlafen, weil vom Korridor und aus der Bibliothek allerlei geheimnisvolle Geräusche laut wurden.«

»Mylord«, erwiderte der Botschafter, »ich übernehme die ganze Einrichtung inklusive Gespenst zum Schätzungswert. Ich komme aus einem modernen Land, wo wir alles besitzen, was sich mit Geld erstehen läßt; und mit all unseren tüchtigen jungen Leuten, die sich in der alten Welt austoben und euch eure besten Schauspielerinnen und Sängerinnen entführen, nehme ich an, daß wir ein Gespenst, wenn es dergleichen noch in

Europa geben sollte, sehr bald bei uns, in einem unserer Museen oder in einer Schaubude ausgestellt sehen würden.«

»Das Gespenst ist leider wirklich vorhanden«, sagte Lord Canterville lächelnd, »wenn es auch den Lockungen Ihrer unternehmungslustigen Impresarios widerstanden haben mag. Es ist seit drei Jahrhunderten wohlbekannt, genau gesagt, seit dem Jahr 1584, und es zeigt sich immer, bevor eines der Mitglieder unserer Familie stirbt.«

»Nun, das hält ja der Hausarzt auch nicht anders, Lord Canterville. Doch es gibt nun einmal keine Gespenster, und ich möchte doch annehmen, daß die Naturgesetze nicht zugunsten der englischen Aristokratie aufgehoben werden!«

»Ihr in Amerika seid ganz gewiß sehr aufgeklärt«, meinte der Lord, der die letzte Bemerkung des Käufers nicht völlig verstanden hatte, »und wenn ein Gespenst im Haus Ihnen nichts ausmacht, so kann es mir recht sein. Nur bitte ich

Sie, daran zu denken, daß ich Sie gewarnt habe.«

Einige Wochen später war der Kauf abgeschlossen, und als die Saison zu Ende war, begab sich der Botschafter mit seiner Familie nach Schloß Canterville. Mrs. Otis, einst als Miss Lucretia R. Tappan, West 53th Street, eine gefeierte Schönheit in New York, war auch jetzt noch eine sehr reizvolle Frau, in den besten Jahren, mit ausdrucksvollen Augen und einem herrlichen Profil. Viele amerikanische Damen legen Wert darauf, kränklich auszusehen, weil sie das für eine Form europäischer Verfeinerung halten; doch diesem Irrtum war Mrs. Otis nie verfallen. Ihr Gesundheitszustand war in bester Ordnung, und sie verfügte über eine Fülle von Lebenskraft. Ja in vielen Beziehungen war sie durchaus englisch, und so stellte sie ein hervorragendes Beispiel für die Tatsache dar, daß wir Engländer heutzutage mit den Amerikanern alles gemeinsam haben – mit Ausnahme, natürlich, der Sprache. Der älteste Sohn, in einem Anfall von akutem Patriotismus von seinen Eltern auf den Namen Washington getauft, was er nie aufhörte zu bedauern, war ein blonder, recht gut aussehender junger Mann, der seine Tauglichkeit für den Dienst in der amerikanischen Diplomatie dadurch erwiesen hatte, daß er in drei Saisons hintereinander den Lancier im Casino in Newport arrangiert hatte und sogar in London den Ruf eines ausgezeichneten Tänzers genoß. Seine einzigen Schwächen waren Geranien und der Hochadel. Im übrigen war er außerordentlich vernünftig. Miss Virgina E. Otis war ein junges Mädchen von fünfzehn Jahren, schlank und lieblich wie ein Reh, und aus ihren großen blauen Augen strahlte ein offenes Herz. Sie war eine hervorragende Reiterin, war mit dem alten Lord Bilton auf ihrem Pony zweimal rund um den Park gerast und hatte das Rennen mit anderthalb Pferdelängen just vor dem Standbild des Achilles gewonnen. Der junge Herzog von Cheshire war darüber so entzückt, daß er auf der Stelle um ihre Hand anhielt und noch am selben Abend von seinen Vormündern, in Tränen aufgelöst, nach Eton zurückgeschickt wurde. Nach Virginia kamen die Zwillinge, das ›Sternenbanner‹ genannt, weil man sie beständig hin und her schwenkte. Sie waren ganz reizende Knaben und, mit Ausnahme des ehrenwerten Botschafters, die einzigen echten Republikaner der Familie.

Da Canterville sieben Meilen von Ascot, der nächsten Bahnstation, entfernt ist, hatte Mr. Otis telegraphisch einen Wagen bestellt, und nun traten sie hochgemut ihre Fahrt an. Es war ein angenehmer Juliabend, und der Duft der Tannenwälder durchschwebte köstlich die Luft. Dann und wann hörten sie die süße Stimme einer Waldtaube gurren oder sahen im raschelnden Farnkraut die bräunliche Brust des Fasans schimmern. Von den Buchen herab äugten kleine Eichhörnchen, als der Wagen vorüberfuhr, und die Kaninchen hoppelten, die Schwänzchen gehoben, durch das Unterholz und über moosbewachsene Hügel. Doch als sie in die Allee einbogen, die zum Schloß führte, bezog sich der Himmel jäh mit Wolken, eine unheimliche Stille schien sich der Atmosphäre zu bemächtigen, ein Krähenschwarm zog stumm über ihren Köpfen dahin, und bevor sie das Haus erreichten, waren schon einige schwere Tropfen gefallen.

Auf den Stufen stand, um sie zu empfangen, eine alte Frau, korrekt in schwarze Seide gekleidet, mit weißem Häubchen und Schürze. Das war Mrs. Umney, die Haushälterin; auf die dringende Bitte der Lady Canterville hin hatte Mrs. Otis eingewilligt, die alte Frau in ihrer Stellung zu belassen. Als die neuen Herren ausstiegen, machte Mrs. Umney jedem einen tiefen Knicks und sagte in wunderlich-altmodischer Manier: »Ich heiße Sie auf Canterville willkommen.« Sie folgten ihr durch die prächtige Tudorhalle in die Bibliothek, einen langen, niedrigen Raum, der mit schwarzem Eichenholz getäfelt war und an dessen Ende ein großes buntes Fenster glänzte. Hier war der Tee für sie vorbereitet, und nachdem sie ihre Mäntel abgelegt hatten, setzten sie sich und begannen Umschau zu halten, während Mrs. Umney sie bediente.

Plötzlich erblickte Mrs. Otis auf dem Boden vor dem Kamin einen dunkelroten Fleck, und da sie keine Ahnung davon hatte, was das in Wahrheit bedeutete, sagte sie zu Mrs. Umney: »Hier dürfte etwas vergossen worden sein.«

»Ja, Madam«, erwiderte die Haushälterin gedämpft. »An dieser Stelle ist Blut vergossen worden!«

»Wie schrecklich!« rief Mrs. Otis. »Ich mache mir aber gar nichts aus Blutflecken in einem Wohnzimmer! Der Fleck muß sofort entfernt werden!«

Die alte Frau lächelte und erwiderte mit der gleichen geheimnisvollen Stimme: »Es ist das Blut der Lady Eleanore de Canterville, die eben an dieser Stelle im Jahre 1575 von ihrem eigenen Gatten, Sir Simon de Canterville, ermordet worden ist. Sir Simon überlebte seine Gemahlin um neun Jahre und verschwand dann mit einem Mal unter höchst mysteriösen Umständen. Sein Leichnam ist nie entdeckt worden, doch sein schuldbeladener Geist geht noch immer im Schloß um. Der Blutfleck ist von Touristen und andern Besuchern sehr bewundert worden und läßt sich nicht entfernen.«

»Das alles ist ja dummes Zeug«, rief Washington Otis. »Pinkertons erstklassiges Fleckputzmittel, einmalig, konkurrenzlos, wird das im Nu erledigt haben.« Und bevor die entsetzte Haushälterin eingreifen konnte, lag er bereits auf den Knien und rieb den Boden eifrig mit einem kleinen Stift, der wie schwarze Seife aussah. Wenige Sekunden später war keine Spur des Blutflecks mehr vorhanden.

»Ich wußte ja, daß Pinkerton hält, was es verspricht«, rief er triumphierend und sah sich im Kreis der begeisterten Seinen um; doch kaum waren ihm die Worte entfahren, als ein furchtbarer Blitz das dämmrige Zimmer durchzuckte, ein entsetzliches Donnerrollen alle auffahren ließ und Mrs. Umney ohnmächtig wurde.

»Was ist das für ein greuliches Klima«, sagte der amerikanische Botschafter gelassen und zündete sich eine lange Zigarre an. »Das alte Land dürfte derart übervölkert sein, daß es nicht genug gutes Wetter für jedermann gibt. Ich war ja immer der Ansicht, daß für England die Auswanderung die einzige Möglichkeit ist.«

»Mein lieber Hiram«, rief Mrs. Otis, »was sollen wir mit einem Frauenzimmer anfangen, das in Ohnmacht fällt?!«

»Zieh es ihr vom Lohn ab«, riet der Botschafter, »als ob sie Geschirr zerbrochen hätte. Dann wird sie sich das schon abgewöhnen.«

Und tatsächlich, wenige Sekunden später war Mrs. Umney wieder bei Besinnung. Immerhin, ihre Aufregung war echt, und sie warnte Mr. Otis nachdrücklich: manches Unheil könnte über das Haus hereinbrechen!

»Mit meinen eigenen Augen habe ich Dinge gesehen, Sir, daß jedem Christenmenschen die Haare zu Berg stehen müssen, und viele, viele Nächte habe ich kein Auge zugetan, so schrecklich ist es, was hier geschieht.«

Mr. Otis aber und seine Frau versicherten der guten Seele wohlgelaunt, sie hätten gar keine Angst vor Gespenstern. Daraufhin rief die Haushälterin den Segen der Vorsehung über den neuen Herrn und die neue Herrin herab, brachte noch ein paar passende Worte wegen einer Erhöhung ihres Lohnes an und zog sich wankend in ihr Zimmer zurück.

II

Die ganze Nacht tobte der Sturm, sonst aber begab sich nichts von Belang. Doch am nächsten Morgen, als sie zum Frühstück hinunterkamen, entdeckten sie, daß der schreckliche Blutfleck den Boden wieder verunzierte.

»Ich glaube nicht, daß Pinkertons Fleckputzmittel dafür verantwortlich gemacht werden kann«, sagte Washington. »Ich habe es doch überall ausprobiert. Da muß das Gespenst dahinter stecken.«

Und so rieb er, bis der Fleck zum zweiten Mal verschwand, doch am nächsten Morgen war er abermals da. Ebenso am dritten Morgen, obgleich Mr. Otis selber die Bibliothek abends zugesperrt und den Schlüssel mitgenommen hatte. Jetzt war das Interesse der ganzen Familie wachgeworden; Mr. Otis kämpfte sich zur Annahme durch, daß er das Vorhandensein von Gespenstern vielleicht doch zu dogmatisch abgeleugnet hatte; Mrs. Otis äußerte die Absicht, der Spiritistischen Gesellschaft beizutreten, und Washington entwarf einen langen Brief an die Messr. *Myers & Podmore* über das Thema der Dauerhaftigkeit von Blutflecken, wenn sie mit einem Verbrechen im Zusammenhang stehen. Und in jener Nacht sollten alle Zweifel an der objektiven Existenz von Geistererscheinungen endgültig behoben werden.

Der Tag war warm und sonnig gewesen; und in der Abendkühle unternahm die ganze Familie eine Ausfahrt. Erst um neun kehrte man wieder zurück, und da wurde ein leichtes Abendessen aufgetragen. Die Unterhaltung drehte sich keineswegs um Gespenster, und so waren auch nicht jene Grundbedingungen erwartungsvoller Aufnahmefähigkeit gegeben, die dem Auftreten spiritistischer Phänomene so häufig vorangehen. Die Themen, über die man sprach, waren, wie ich seither von Mr. Otis selber erfuhr, lediglich solche, wie sie die übliche

Konversation gebildeter Amerikaner besserer Stände bilden; etwa die Feststellung, wie ungeheuer Miss Fanny Davenport als Schauspielerin Sarah Bernhardt überlegen sei; oder über die Schwierigkeit, selbst in den besten englischen Häusern Grünkorn, Buchweizenküchlein und grob gemahlenen Mais zu finden. Oder über die Bedeutung Bostons für die Entwicklung der Weltseele, die Vorteile des Systems der Gepäckaufgabe auf den Bahnen, die Sanftheit des New Yorker Akzents verglichen mit der schleppenden Redeweise der Londoner. Es fiel keine Anspielung auf das Übersinnliche, noch wurde Sir Simon de Canterville mit einem Wort erwähnt. Um elf Uhr zog die Familie sich zurück, und um halb zwölf waren sämtliche Lichter ausgelöscht. Doch bald darauf wurde Mr. Otis durch ein eigenartiges Geräusch auf dem Korridor vor seinem Zimmer geweckt. Es tönte wie ein metallisches Klirren und schien von Sekunde zu Sekunde näher zu kommen. Er stand auf, zündete ein Streichholz an und sah auf die Uhr. Es war genau eins. Er war vollkommen ruhig, tastete nach seinem Puls, der keinerlei Fieber anzeigte. Das eigenartige Geräusch dauerte an, und jetzt hörte er auch ganz deutlich das Stapfen von Schritten. Er schlüpfte in seine Pantoffel, nahm aus seinem Toilettenetui ein kleines, längliches Fläschchen und öffnete die Türe.

Vor ihm stand im fahlen Mondlicht ein alter Mann, der recht schreckenerregend aussah. Die Augen waren rot wie glühende Kohle, langes graues Haar fiel ihm in wirren Strähnen über die Schultern, seine Kleidung, die von höchst altmodischem Schnitt war, hing schmutzig und zerfetzt an ihm herab, und an den Gelenken von Armen und Beinen schleppte er schwere rostige Ketten.

»Mein guter Herr«, sagte Mr. Otis, »ich muß ernstlich darauf bestehen, daß Sie diese Ketten schmieren, und zu diesem Zweck habe ich Ihnen ein Fläschchen von Tammanys Haaröl ›Sonnenglanz‹ gebracht. Schon nach einmaligem Gebrauch soll es die besten Wirkungen erzielen, und auf dem Prospekt finden Sie mehrere Gutachten einiger unserer hervorragendsten heimischen Geistlichen. Ich lasse Ihnen das Fläschchen hier neben dem Schlafzimmerleuchter liegen und werde Sie mit einer weitern Flasche versorgen, wenn Sie Bedarf daran haben.«

Mit diesen Worten legte der Botschafter der Vereinigten Staaten das Fläschchen auf einen Marmortisch, schloß die Türe und legte sich wieder zur Ruhe.

Einen Augenblick lang blieb das Gespenst von Canterville in begreiflicher Empörung regungslos stehen; dann schmetterte es das Fläschchen auf den gewichsten Boden, floh durch den Korridor, stieß ein hohles Stöhnen aus und verbreitete ein unheimliches grünliches Licht. Doch als es den obern Absatz der Eichentreppe erreicht hatte, wurde eine Tür aufgerissen, zwei kleine weißgekleidete Gestalten tauchten auf, und ein mächtiges Kissen sauste an seinem Kopf vorüber! Da war offenbar keine Zeit mehr zu verlieren, und so benützte es hastig die Vierte Dimension als Mittel zur Flucht, verschwand durch die Täfelung, und die Ruhe zog wieder in das Haus ein.

Als der Geist eine kleine geheime Kammer im linken Flügel des Schlosses erreicht hatte, lehnte er sich an einen Mondstrahl, um Atem zu schöpfen, und nun versuchte er, sich über seine Lage klarzuwerden. Nie im Verlauf seiner glänzenden, ununterbrochenen Karriere von dreihundert Jahren war er so schwer beleidigt worden! Er gedachte der verwitweten Herzogin, die er bis zu einem Nervenzusammenbruch erschreckt hatte, als sie in Spitzen und Brillanten vor ihrem Spiegel stand; er dachte an die vier Zimmermädchen, die in ein hysterisches Geschrei ausgebrochen waren, als er sie bloß zwischen den Vorhängen eines der Gastzimmer angegrinst hatte. Er dachte an den Pfarrer des Sprengels, dem er eines Nachts, als der würdige Herr spät aus der Bibliothek kam, die Kerze ausgeblasen hatte; seither war der Geistliche ständig in Behandlung Sir William Gulls, ein unheilbares Opfer nervöser Störungen. Auch an die alte Madame de Tremouillac dachte er, die eines Morgens sehr früh erwachte, ein Skelett in ihrem Fauteuil am Kamin sitzen und ihr Tagebuch lesen sah; sechs Wochen war die Arme mit einer Hirnhautentzündung zu Bett gelegen, und nach ihrer Genesung hatte sie sich mit der Kirche ausgesöhnt und ihre Beziehungen mit dem berüchtigten Skeptiker, Monsieur de Voltaire, abgebrochen. Auch an die schreckliche Nacht erinnerte er sich, als der arge Lord Canterville halb erstickt in seinem Ankleidezimmer gefunden wurde, den Karobuben in der Kehle, und kurz vor seinem Hinscheiden beichtete, daß er Charles James Fox bei

Crockfords mit eben dieser Karte um fünfzigtausend Pfund bemogelt hatte. Er schwur, das Gespenst habe ihn gezwungen, die Karte zu schlucken! All dieser großen Taten entsann sich jetzt der Geist, angefangen von dem Butler, der sich in der Speisekammer erschoß, weil er eine grüne Hand erblickte, die an die Scheibe klopfte, bis zu der schönen Lady Stutfield, die stets ein schwarzes Samtband um den Hals tragen mußte, um die Spuren der fünf Finger zu verheimlichen, die sich in ihre weiße Haut gebrannt hatten. Die Arme hatte sich schließlich in dem Karpfenteich am Ende der Königsallee ertränkt. Mit der selbstgefälligen Begeisterung des echten Künstlers rief der Geist sich seine berühmtesten Taten wieder ins Gedächtnis und lächelte bitter vor sich hin, wenn er sich seines letzten Auftretens als ›Roter Ruben oder der erdrosselte Säugling‹ erinnerte, an sein Debut als ›Dürrer Gideon, der Blutsauger vom Bexley-Moor‹, oder welches Aufsehen es gab, als er an einem lieblichen Juniabend harmlos auf dem Tennisplatz mit seinen eigenen Knochen Kegel gespielt hatte. Und nach alldem sollten ein paar verfluchte moderne Amerikaner daherkommen, ihm das Haaröl ›Sonnenglanz‹ anbieten und Kissen an den Schädel werfen?! Nein, das war vollkommen unerträglich! So war zudem noch kein Gespenst in der Geschichte behandelt worden. Und so beschloß er, Rache zu üben, und verharrte bis zum Morgengrauen in tiefes Sinnen versunken.

III

Als die Mitglieder der Familie Otis sich am nächsten Morgen beim Frühstück vereinigten, sprachen sie ziemlich ausführlich über das Gespenst. Der Botschafter der Vereinigten Staaten war natürlich ein wenig verärgert darüber, daß sein Geschenk keinen Anklang gefunden hatte.

»Ich hege durchaus nicht den Wunsch«, sagte er, »das Gespenst irgendwie zu kränken, und in Anbetracht dessen, daß es doch schon so lange im Haus ist, muß ich betonen, daß ich es nicht für besonders höflich halte, ihm Kissen an den Kopf zu werfen« – eine sehr berechtigte Mahnung, bei der aber, wie ich mit Bedauern feststellen muß, die Zwillinge in ein schallendes Gelächter ausbrachen. »Wenn es andrerseits«, fuhr der Botschafter fort, »wirklich keinen ›Sonnenglanz‹ benützen will, so werden wir ihm die Ketten abnehmen müssen. Es ist ja völlig unmöglich, bei so einem Lärm im Korridor ruhig zu schlafen!«

Die übrige Woche blieben sie immerhin unbehelligt; und das einzige, was noch immer eine gewisse Aufmerksamkeit auf sich zog, war, daß der Blutfleck auf dem Boden in der Bibliothek ständig erneuert wurde. Das war gewiß höchst befremdend, da Mr. Otis die Türe jeden Abend zusperrte und auch die Fenster sorgsam verschlossen wurden. Auch daß die Farbe des Flecks chamäleonartig wechselte, gab Anlaß zu manchen Erörterungen. An manchen Morgen war es ein stumpfes, beinahe indisches Rot, dann wieder wurde es scharlachfarben, dann folgte ein üppiges Purpurrot, und einmal, als man sich zum Familiengebet gemäß dem schlichten Ritual der Freien Amerikanischen Reformierten Episkopalkirche versammelte, hatte der Fleck ein leuchtendes Smaragdgrün angenommen. Diese kaleidoskopartigen Wandlungen waren natürlich Stoff zur größten Erheiterung aller, und jeden Abend wurden Wetten auf die Farbe des nächsten Tages abgeschlossen. Die einzige, die an diesen Scherzen nicht teilnahm, war die kleine Virginia, die aus einem unerklärlichen Grund beim Anblick des Blutflecks immer sehr unglücklich dreinschaute und an jenem Morgen, da der Fleck smaragdgrün war, beinahe zu weinen anfing.

Zum zweiten Mal erschien das Gespenst eines Sonntagabends. Kurz nachdem alle zu Bett gegangen waren, wurden sie plötzlich von einem entsetzlichen Krach in der Halle geweckt. Sie eilten die Treppe hinunter und stellten fest, daß eine mächtige alte Rüstung sich von ihrem Sockel gelöst hatte und auf die Steinfliesen gefallen war. Auf einem hochlehnigen Stuhl aber saß das Gespenst von Canterville und rieb sich die Knie; seinem Gesichtsausdruck konnte man entnehmen, daß es heftige Schmerzen litt. Die Zwillinge hatten ihre Blasrohre mitgenommen und sogleich zwei Schrotkörner auf den armen Geist abgeschossen, und das mit einer Treffsicherheit, die nur in langer, gewissenhafter Übung an einem Lehrer erreicht werden kann. Der Botschafter der Vereinigten Staaten aber richtete den Revolver auf das Gespenst und forderte es – nach den Regeln kalifornischer Etikette – auf, die Hände zu heben.

Mit einem wilden Wutgekreisch sprang der Geist auf, huschte wie ein Dunststreif zwischen ihnen durch, blies im Vorüberwehen Washington Otis die Kerze aus, und so standen sie in tiefster Dunkelheit da. Kaum hatte es sich zum Treppenabsatz hinaufgeschwungen, als es sich wieder leidlich erholte und beschloß, seine berühmte teuflische Lache anzuschlagen. Das hatte sich bei mehreren Gelegenheiten als sehr effektvoll erwiesen. Es hieß, daß Lord Rakers Perücke darüber in einer einzigen Nacht ergraut sei, und ganz gewiß hatten drei von den französischen Gouvernanten Lady Cantervilles deswegen ihre Stelle gekündigt.

So lachte es denn sein gräßlichstes Lachen, bis die alten Wölbungen widerhallten, doch kaum war das markerschütternde Echo verklungen, da öffnete sich eine Türe, und Mrs. Otis erschien in hellblauem Schlafrock.

»Ich fürchte, daß Sie sich nicht ganz wohl fühlen«, sagte sie, »und darum habe ich Ihnen eine Flasche mit Doktor Dobells Tropfen gebracht. Wenn es sich um eine Magenverstimmung handeln sollte, so werden Sie finden, daß dieses Mittel wahre Wunder tut.«

Der Geist blickte sie zornig an und traf sogleich die nötigen Anstalten, um sich in einen großen schwarzen Hund zu verwandeln, eine Leistung, mit der er zu Recht viel Ruhm geerntet hatte und der der Hausarzt den unheilbaren Schwachsinn von Lord Cantervilles Onkel, dem ehrenwerten Thomas Horton, zuschrieb. Doch das Geräusch nahender Schritte veranlaßte ihn, von seinem grimmigen Vorhaben abzustehen, und er begnügte sich damit, schwach zu phosphoreszieren, und verschwand mit klagendem Friedhofächzen, als die Zwillinge über ihn herfallen wollten.

Als er seine Kammer erreichte, brach er völlig zusammen und wurde die Beute heftigster Erregung. Die Roheit der Zwillinge, der krasse Materialismus von

Mrs. Otis waren natürlich ungemein störend, doch was ihn tatsächlich am schwersten traf, war, daß er nicht mehr die Kraft in sich gespürt hatte, den Kettenpanzer zu tragen. Er hatte doch gehofft, daß selbst moderne Amerikaner beim Anblick eines Gespensts in Waffen erzittern würden, und wenn nicht aus einem vernünftigen Grund, so doch wenigstens aus Respekt vor ihrem Nationaldichter Longfellow, mit dessen anmutigen, reizvollen Versen er selber sich so manche langweilige Stunde verkürzt hatte, als die Familie Canterville in die Stadt übersiedelt war. Und noch dazu war es seine eigene Rüstung gewesen! Mit großem Erfolg hatte er sie bei dem Tournier von Kenilworth getragen, und keine geringere als die jungfräuliche Königin selbst hatte ihm Komplimente gemacht. Und doch, als er sie jetzt angelegt hatte, war er von dem Gewicht der mächtigen Brustplatte und des Stahlhelms derart niedergedrüktc worden, daß er auf die Steinfliesen gefallen war, sich beide Knie zerschlagen und den Knöchel der rechten Hand verstaucht hatte.

Nach diesem Vorfall fühlte er sich einige Tage sehr elend und verließ sein Zimmer gerade nur, um den Blutfleck instand zu halten. Immerhin vermochte er durch größte Schonung wieder zu Kräften zu kommen, und so beschloß er, einen dritten Versuch zu unternehmen, der dem Botschafter der Vereinigten Staaten und dessen Familie einen tüchtigen Schrecken einjagen sollte. Er bestimmte dazu Freitag, den siebzehnten August, und verbrachte den größten Teil dieses Tages damit, seine Garderobe zu mustern; endlich entschied er sich für einen breitkrempigen Schlapphut, ein Leichenhemd mit Krausen an Hals und Gelenken und einen rostigen Dolch. Gegen Abend erhob sich ein heftiger Regensturm, und der Wind tobte derart, daß alle Fenster und Türen in dem alten Haus schepperten und klirrten. Ja, das war ein

Wetter, so recht nach seinem Sinn. Folgendermaßen hatte er sich seinen Plan zurechtgelegt: Er wollte lautlos in das Zimmer Washington Otis' schleichen, sich ans Fußende des Bettes stellen, unverständliche Worte krächzen und sich, zu den Klängen leiser Musik, dreimal den Dolch in die Brust stoßen. Auf Washington Otis hatte er es ganz besonders abgesehen, denn er wußte sehr wohl, daß der junge Mann es war, der den berühmten Blutfleck von Canterville mit Hilfe von Pinkertons Fleckputzmittel beständig wieder entfernte. Hatte er dann den respektlosen, frechen Burschen gründlich das Fürchten gelehrt, so wollte er sich in das Zimmer begeben, das der Botschafter der Vereinigten Staaten und seine Frau bewohnten, wollte eine feuchte, klebrige Hand auf Mrs. Otis' Stirne legen und ihrem bebenden Gatten die gräßlichen Geheimnisse des Beinhauses ins Ohr zischeln. Was die kleine Virginia betraf, war er noch zu keinem rechten Entschluß gekommen. Sie hatte ihn nie und auf keine Art gekränkt, sie war hübsch und liebenswürdig. Ein wenig hohles Stöhnen aus dem Schrank, meinte er, dürfte mehr als genug sein, und wenn das sie nicht weckte, so würde er eben mit zukkenden Fingern an der Bettdecke zupfen. Den Zwillingen aber wollte er eine Lektion erteilen, die sie nicht so bald vergessen sollten. Zunächst einmal würde er sich ihnen natürlich auf die Brust setzen, damit sie erführen, was ein richtiger Alpdruck war. Dann, da ihre Betten eng nebeneinander standen, würde er sich als grüner, eiskalter Leichnam zwischen sie stellen, bis sie vor Furcht gelähmt waren, und schließlich würde er das Bahrtuch abwerfen und mit weißen, gebleichten Knochen und rollenden Augen als ›Stummer Daniel oder das Skelett des Selbstmörders‹ durch das Zimmer kriechen, eine Rolle, in der er mehr als einmal mit großem Erfolg aufgetreten war und die mit seiner berühmten Leistung als ›Martin der Wahnsinnige oder die Geheimnisvolle Maske‹ wetteifern konnte.

Um halb elf hörte er, wie die Familie zu Bett ging. Eine Zeitlang störte ihn noch das wilde Gelächter der Zwillinge, die sich offenbar mit der ganzen Leichtherzigkeit von Schuljungen die Zeit vertrieben, bevor sie einschliefen; doch um Viertel nach elf wurde alles still, und als es Mitternacht schlug, trat er seinen Weg an.

Die Eulen pochten an die Scheiben, die Raben krächzten aus der alten Eibe, und der Wind umkreiste stöhnend wie eine verlorene Seele das Haus. Die Familie Otis aber schlief, unbekümmert um das drohende Verhängnis, und über Sturm und Regen hinweg konnte der Geist das regelmäßige Schnarchen des Botschafters der Vereinigten Staaten hören. Verstohlen trat er aus der Täfelung, ein böses Lächeln umspielte den grausamen, verzerrten Mund, und jetzt verhüllte der Mond sein Antlitz hinter einer Wolke, als der Geist an dem großen Erkerfenster vorbeischlich, darauf sein eigenes Wappen und das Wappen seiner ermordeten Gattin in Blau und Gold glänzten. Immer weiter und weiter glitt er wie ein unheilvoller Schatten, und die Dunkelheit selbst schien in Abscheu vor ihm zurückzuweichen. Einmal glaubte er, etwas gehört zu haben, und blieb stehen; doch es war nur das Gebell eines Hundes vom Roten Pachthof, und so wanderte er weiter, murmelte veraltete Flüche aus dem sechzehnten Jahrhundert vor sich hin und schwenkte dann und wann den rostigen Dolch in die mitternächtliche Luft.

Endlich erreichte er die Ecke des Ganges, der zu dem Zimmer des unglücklichen Washington führte. Hier blieb er sekundenlang stehen; der Wind wehte ihm die langen grauen Locken um den Schädel und warf das namenlose Grauen des Leichentuchs in groteske, phantastische Falten. Dann schlug die Uhr das Viertel, und er spürte, daß seine Zeit gekommen war. Er grinste vor sich hin und bog um die Ecke; doch kaum hatte er das getan, als er mit einem kläglichen Jammerschrei zurückprallte und das gebleichte Antlitz in den langen knochigen Händen barg. Denn da vor ihm stand ein entsetzliches Schreckbild, reglos wie aus Holz geschnitzt und grauenhaft wie der Traum eines Wahnsinnigen! Der Schädel war kahl und glänzend, das Gesicht rund, feist und weiß, ein abstoßendes Gelächter schien die Züge zu ewigem Grinsen verzerrt zu haben. Aus den Augen strömten Strahlen von scharlachfarbenem Licht, der Mund öffnete sich weit wie ein feuriger Quell, und ein scheußlicher Mantel, nicht anders als sein eigener, verbarg mit schneeweißem Schweigen die Riesenglieder. Auf der Brust prangte eine Tafel mit seltsam altertümlichen Schriftzügen, ein Sündenregister anscheinend, ein Dokument der Schmach, eine grausige Liste wilder Verbrechen, und die rechte Hand schwenkte ein Krummschwert aus funkelndem Stahl.

Da er in seinem ganzen Dasein noch kein Gespenst erschaut hatte, war er natürlich furchtbar erschrocken; kaum eine Sekunde lang verweilte sein Blick auf dem bedrohlichen Phantom, und dann ging es in wilder Flucht zurück in das eigene Zimmer. Unterwegs trat er in der Hast auf sein Leichentuch und ließ schließlich den rostigen Dolch in die Reitstiefel des Botschafters fallen, wo der Butler ihn am nächsten Morgen fand. In der Abgeschiedenheit seiner Kammer warf er sich zunächst auf ein schmales Feldbett und versteckte das Gesicht unter den Decken. Doch binnen kurzem regte sich in ihm der ungebrochene Mut des Geschlechtes der Canterville, und er beschloß, sobald der Tag graute, mit dem andern Gespenst Zwiesprache zu halten. Dementsprechend kehrte er, als die Morgendämmerung mit silbernen Fingern die Hügel berührte, an die Stelle zurück, wo er das Bild des Schreckens zum ersten Mal erschaut hatte. Zwei Gespenster waren, wenn man es wohl bedachte, besser als eines, und mit Hilfe des neuen Freundes könnte er sich die Zwillinge nur noch wirkungsvoller vorknöpfen. Doch welch unbeschreiblicher Anblick bot sich seinen Augen, als er wieder an der unseligen Stelle stand! Mit dem Gespenst war offensichtlich eine Wandlung vorgegangen, denn das Feuer in den hohlen Augen war völlig verblichen, das funkelnde Schwert war seiner Hand entglitten, und nun lehnte es zusammengekrümmt, in sehr unbequemer Stellung an der Wand. Der Geist von Canterville stürzte hinzu, nahm den Konkurrenten in die Arme, und da, zu seinem Entsetzen, fiel der Kopf ab und rollte über den Boden, der Körper sank in sich zusammen, und was der Geist umklammert hielt, erwies sich als ein weißes Bettlaken, ein Besen, ein Küchenmesser, und zu seinen Füßen lag ein hohler Kürbis. Er vermochte diese eigenartige Veränderung nicht zu fassen, fieberhaft griff er nach der Tafel, und da, im grauen Licht des Morgens, las er die verhängnisvollen Worte:

> Das Gespenst der Otis
> einzig echter Originalspuk!
> Vor Nachahmungen wird gewarnt!
> Alle andern Gespenster sind Fälschungen!

Jetzt, wie mit einem Blitzschlag, wurde ihm alles klar. Er war genarrt, betrogen, überlistet worden! Der alte wilde Blick der Canterville leuchtete aus seinen Augen; er knirschte mit den zahnlosen Kiefern, reckte die entfleischten Hände hoch über den Kopf und schwur gemäß der malerischen Ausdrucksweise alter Schule, bevor noch Chanticleer ein zweites Mal in sein fröhliches Horn gestoßen, sollten Ströme von Blut fließen und der Mord auf stummen Sohlen über die Schwelle treten.

Kaum hatte er diesen grauenvollen Eid geendet, als von dem roten Schindeldach eines fernen Bauernhauses ein Hahn krähte. Ein langes, leises, bitteres Lachen lachte der Geist, und dann wartete er.

Er wartete Stunde um Stunde, doch aus irgendeinem seltsamen Grund krähte der Hahn kein zweites Mal. Endlich, um halb acht, erschienen die Zimmermädchen, und so brach er die verhängnisvolle Wache ab, stelzte in seine Kammer zurück und brütete über seine enttäuschten Hoffnungen, seine vereitelten Pläne. Dann zog er verschiedene Bücher über das alte Rittertum zu Rate, seine Lieblingslektüre, und stellte fest, daß jederzeit, wenn dieser Eid geschworen ward, Chanticleer auch wirklich ein zweites Mal gekräht hatte.

»Verdammnis über das manierlose Federvieh!« knurrte er. »Hab' ich doch die Tage gesehen, da ich ihm meinen starken Speer durch die Brust gestoßen hätte! Dann hätt' er wohl für mich gekräht, und wär's auch nur im Tode!«

Damit zog er sich in einen bequemen Bleisarg zurück und harrte dort aus, bis es Abend wurde.

IV

Am nächsten Tag war der Geist sehr schwach, sehr müde. Die schrecklichen Aufregungen der letzten vier Wochen begannen sich auszuwirken. Seine Nerven waren vollständig zerrüttet, und beim leisesten Geräusch fuhr er auf. Fünf Tage lang verließ er seine Kammer nicht, und dann beschloß er, den Kampf um den Blutfleck auf dem Boden der Bibliothek aufzugeben. Wenn die Familie Otis keinen Blutfleck haben wollte, so war sie offenbar keines Blutflecks würdig. Es waren eben Menschen, die im tiefsten Materialismus wurzelten und denen es völlig an der Fähigkeit gebrach, den symbolischen Wert übersinnlicher Phänomene richtig einzuschätzen. Die Frage von spiritistischen Erscheinungen und die Entwicklung von Astralkörpern war natürlich etwas ganz anderes und entzog sich seiner Kontrolle.

Dagegen war es seine heilige Pflicht,

einmal in der Woche auf dem Korridor aufzutauchen und am ersten und dritten Mittwoch jedes Monats von dem großen Erkerfenster aus unverständliche Laute auszustoßen, und er wußte wirklich nicht, wie er sich als Ehrengeist diesen Verpflichtungen entziehen sollte. Es war schon richtig, daß er ein sehr arges Leben geführt hatte. Andererseits aber war er in allen Dingen, die mit dem Übernatürlichen zusammenhingen, von größter Gewissenhaftigkeit. So strich er denn an den nächsten drei Samstagen, wie gewöhnlich, zwischen Mitternacht und drei Uhr durch den Korridor, verabsäumte aber keine Vorsichtsmaßregel, um weder gehört noch gesehen zu werden. Er zog die Stiefel aus, stapfte so leise wie möglich über die alten, wurmzerfressenen Dielen, umhüllte sich mit einem weiten schwarzen Samtmantel und war auch sorgsam darauf bedacht, seine Ketten mit ›Sonnenglanz‹ zu schmieren. Ich darf nicht verschweigen, daß es ihm sehr schwerfiel, sich zu dieser letzten Maßnahme zu bequemen. Und so schlüpfte er eines Abends, als die Familie bei Tisch saß, in Mr. Otis' Schlafzimmer und stahl die Flasche. Anfangs fühlte er sich wohl ein wenig gedemütigt, dann aber war er einsichtig genug, sich zu sagen, daß diese Erfindung doch große Vorteile hatte und in gewissem Ausmaß seinem Vorhaben dienlich war. Und trotzdem gönnte man ihm keine Ruhe. Immer wieder wurden Stricke über den Gang gespannt, über die er im Dunkeln stolperte, und einmal, als er das Kostüm seiner Rolle als ›Schwarzer Isaak oder der Jäger aus dem Hogley-Wald‹ trug, rutschte er auf einem Streifen aus, den die Zwillinge von der Türe des Gobelinzimmers bis zum Treppenabsatz mit Butter beschmiert hatten. Bei dem Sturz zog er sich etliche Verletzungen zu, und diese letzte Kränkung brachte ihn dermaßen in Wut, daß er beschloß, etwas zu tun, um seine Würde zu wahren. Schon in der nächsten Nacht wollte er diese unverschämten Lausbuben von Eton in seiner berühmten Rolle als ›Wilder Ruppert oder der Kopflose Earl‹ heimsuchen.

Seit mehr als siebzig Jahren war er nicht mehr in diesem Kostüm erschienen; genau genommen nicht mehr, seit er die reizende Lady Barbara Modish damit derart erschreckt hatte, daß sie die Verlobung mit dem Großvater des jetzigen Lord Canterville brüsk löste und mit dem schönen Jack Castleton nach Gretna Green durchbrannte. Nichts auf der Welt, erklärte sie, könnte sie veranlassen, in eine Familie zu heiraten, wo ein so abscheuliches Gespenst im Zwielicht auf der Terrasse auf und ab spazieren durfte. Der arme Jack wurde nachher von Lord Canterville auf dem Gemeindeanger von Wandsworth im Duell erschossen, und Lady Barbara starb, bevor noch das Jahr um war, in Tunbridge Wells an gebrochenem Herzen. Und so war es in jeder Beziehung ein großer Erfolg gewesen.

Doch es war außerordentlich schwierig, diese Maske zu machen, wenn ich mir erlauben darf, einen Ausdruck aus dem Theaterleben in Verbindung mit einem der größten Mysterien des Übernatürlichen oder, um mich eines wissenschaftlichen Ausdrucks zu bedienen, der ›Übersinnlichen Welt‹ zu verwenden, und so dauerte die Vorbereitung nicht weniger als drei Stunden.

Schließlich war alles in schönster Ordnung, und er besah sich mit großer Genugtuung. Die gewaltigen ledernen Reiterstiefel, die zu dem Kostüm gehörten, waren ihm ein ganz klein wenig zu groß, und er konnte auch nur eine der beiden Sattelpistolen finden, doch alles in allem war er ganz zufrieden, und um Viertel nach eins schlüpfte er durch die Täfelung auf den Korridor hinaus. Als er vor dem Zimmer anlangte, das die Zwillinge bewohnten und das, was nicht unerwähnt bleiben soll, der Farbe seiner Wandbehänge wegen das ›Blaue Schlafzimmer‹ genannt wurde, fand er, daß die Türe nur angelehnt war. Um seinen Auftritt recht wirksam zu gestalten, riß er sie mit einem Ruck weit auf, doch, wehe, da fiel ein schwerer Wasserkrug auf ihn herab, durchnäßte ihn bis auf die Haut und verfehlte seine Schulter nur um zwei Zoll. Und gleichzeitig hörte er ein gedämpftes Lachen aus dem Himmelbett. Dieser Schlag traf sein Nervensystem derart, daß er, so schnell er nur konnte, in seine Kammer floh und den ganzen nächsten Tag mit einer schlimmen Erkältung den Sarg hüten mußte. Tröstlich war nur, daß er seinen Kopf nicht mitgenommen hatte, denn andernfalls wären möglicherweise sehr ernste Folgen eingetreten.

Jetzt ließ er alle Hoffnung fahren, daß er diese ungebildete amerikanische Familie je erschrecken könnte, und er begnügte sich damit, in Stoffpantoffeln durch die Gänge zu schleichen, ein dickes rotes Tuch zum Schutz gegen die Zugluft um den Hals geschlungen und in der Hand eine kleine Hakenbüchse für den Fall, daß die Zwillinge ihn angreifen sollten.

Die endgültige Niederlage aber wurde ihm am 19. September beigebracht. Er hatte sich in die große Halle begeben, denn dort glaubte er, keinen Behelligungen ausgesetzt zu sein, und vertrieb sich die Zeit damit, höhnische Bemerkungen über die großen Photographien des Botschafters der Vereinigten Staaten und dessen Frau zu machen, denn diese Photographien hingen jetzt dort, wo bisher die Familienbilder des Geschlechts der Canterville gehangen hatten. Er war einfach, aber reinlich in ein Leichentuch gekleidet, das mit etlichen Flecken von Friedhofmoder verziert war; er hatte seinen Kiefer mit einem gelben Leinenstreifen hochgebunden und trug in den Händen eine kleine Laterne und den Spaten eines Totengräbers. Das war nämlich das Kostüm seiner Rolle als ›Jonas der Gruftlose oder der Leichendieb von Chertsey Barn‹, einer seiner hervorragendsten Leistungen und zudem einer, deren zu gedenken die Cantervilles alle Ursache hatten, denn da lag der wahre Grund ihres Zwistes mit ihrem Nachbarn, Lord Rufford. Es war ungefähr halb drei Uhr morgens, und, soweit er feststellen konnte, rührte sich nichts und niemand. Doch als er sich der Bibliothek näherte, weil er doch nachsehen wollte, ob noch Spuren vom letzten Blutfleck vorhanden waren, da sprangen ihn plötzlich aus einem dunklen Winkel zwei Gestalten an, schwenkten wild die Arme über den Köpfen und brüllten ihm »Buuh!« in die Ohren.

Daß ihn unter diesen Umständen panische Angst packte, war nur natürlich; er flüchtete ins Treppenhaus, doch dort erwartete ihn bereits Washington Otis mit der großen Gartenspritze, und so, überall von Feinden umstellt und beinahe zur Übergabe gezwungen, verschwand er in dem großen Eisenofen, der zu seinem Glück nicht geheizt war, und mußte durch Kamine und Schornsteine heimwärts fliehen. In einem furchtbaren Zustand, verschmutzt, zerfetzt, verzweifelt, erreichte er schließlich seine Kammer.

Von da an wurde er nicht wieder bei nächtlichen Streifzügen erwischt. Mehrmals lagen die Zwillinge auf der Lauer, bestreuten die Gänge Nacht für Nacht mit Nußschalen – nicht gerade zur Freude von Eltern und Dienstboten –, doch alles blieb vergebens. Es war ganz offenbar – seine Gefühle waren so tief verletzt, daß er sich nicht mehr zeigen wollte. Und so konnte denn Mr. Otis die Arbeit an seinem großen Werk über die Geschichte der Demokratischen Partei wiederaufnehmen, mit dem er sich bereits seit etlichen Jahren beschäftigte. Mrs. Otis veranstaltete ein großartiges, echt amerikanisches Essen, das in der ganzen Grafschaft Aufsehen erregte, die Kinder widmeten sich dem Hockey, dem Poker und anderen amerikanischen Nationalspielen. Und Virginia ritt auf ihrem Pony durch Wald und Wiesen, von dem jungen Herzog von Cheshire begleitet, der die letzte Woche seiner Ferien auf dem Schloß Canterville verbrachte. Ganz allgemein war man der Ansicht, der Geist habe sich verflüchtigt, und Mr. Otis schrieb auch in diesem Sinn einen Brief an Lord Canterville, der in seiner Antwort die aufrichtigste Freude über diese Nachricht zum Ausdruck brachte und auch der liebenswürdigen Frau Gemahlin des Botschafters seine herzlichsten Glückwünsche sandte.

Doch die Familie Otis gab sich da einer Täuschung hin, denn das Gespenst war noch immer im Hause. Der arme Geist war jetzt wohl beinahe als invalide zu bezeichnen, dennoch hatte er nicht die Absicht, die Dinge auf sich beruhen zu lassen, zumal dann nicht, als er hörte, daß unter den Gästen auch der junge Herzog von Cheshire eingetroffen war, dessen

Großonkel, Lord Francis Stilton, einmal mit dem Obersten Carbury um hundert Pfund gewettet hatte, er werde mit dem Gespenst Würfel spielen. Am nächsten Morgen fand man ihn auf dem Fußboden des Spielzimmers, gelähmt, hilflos, und wenn er auch ein hohes Alter erreichte, so war er doch nicht mehr imstande, etwas anderes zu sagen als die Worte ›Doppel-Sechs‹. Die Geschichte hatte sich damals herumgesprochen, obgleich man natürlich, aus Rücksicht auf die Gefühle von zwei adligen Häusern, alles tat, um sie zu vertuschen; eine ausführliche Darstellung aller mit diesem Ereignis verbundenen Umstände findet sich im dritten Band von Lord Tattles ›Erinnerungen an den Prinzregenten und seine Freunde‹. Dem Geist war natürlich sehr daran gelegen, zu zeigen, daß er seine Macht über die Stiltons nicht verloren hatte, mit denen er ja entfernt verwandt war, da seine eigene Cousine ersten Grades in zweiter Ehe den Sieur de Bulkeley geheiratet hatte, von dem, wie allgemein bekannt, die Herzöge von Cheshire abstammen.

So traf er denn Anstalten, um Virginias jungem Anbeter in seiner berühmten Rolle als ›Der Vampirmönch oder der Blutlose Benediktiner‹ zu erscheinen, eine Leistung von so großartiger Grauenhaftigkeit, daß die alte Lady Startup, als sie ihn in der verhängnisvollen Neujahrsnacht des Jahres 1764 in diesem Kostüm erblickte, ein durchdringendes Geschrei ausstieß, das sich bis zu einem heftigen Schlaganfall steigerte, dem sie drei Tage später erlag, nicht ohne vorher die Cantervilles, die ihre nächsten Verwandten waren, zu enterben und ihr ganzes Vermögen ihrem Londoner Arzt zu vermachen.

Im letzten Augenblick aber hielt ihn die Furcht vor den Zwillingen davon ab, sein Zimmer zu verlassen, und so schlief der kleine Herzog friedlich unter dem prächtigen Betthimmel des sogenannten ›Königszimmers‹ und träumte von Virginia.

V

Wenige Tage später, als Virginia mit ihrem blondgelockten Ritter über die Wiesen von Brockley ritt, zerriß sie sich an einer Hecke ihr Kleid derart, daß sie nach ihrer Rückkehr ins Schloß, um nicht gesehen zu werden, die Hintertreppe benützte. Sie kam an dem Gobelinzimmer vorbei, dessen Türe zufällig offenstand, und da glaubte sie, jemanden darin zu sehen. Sie vermutete, daß es das Kammermädchen ihrer Mutter sein müsse, das sich manchmal mit seiner Arbeit hierher zurückzog, und so wollte Virginia das Mädchen bitten, ihr das Kleid zu flicken. Doch was sie, zu ihrer größten Überraschung, erblickte, war niemand anders als das Gespenst, der Geist von Canterville! Da saß er am Fenster und schaute hinunter, wo das fahle Gold der vergilbten Bäume durch die Luft flog und die roten Blätter in der langen Allee einen tollen Tanz aufführten. Den Kopf hatte er in die Hand gestützt, und seine ganze Haltung verriet tiefste Niedergeschlagenheit. So verloren, so jämmerlich sah er aus, daß die kleine Virginia, deren erster Gedanke gewesen war, davonzulaufen und sich in ihrem Zimmer einzuschließen, vor Mitleid schmolz und beschloß, ihn nach besten Kräften zu trösten. Ihr Schritt war so leicht, sein Elend so schwer, daß er sie erst bemerkte, als sie ihn ansprach.

»Sie tun mir aufrichtig leid«, sagte sie, »aber morgen gehen meine Brüder wieder nach Eton zurück, und dann, wenn Sie sich korrekt benehmen, wird kein Mensch Ihnen etwas zuleide tun.«

»Es ist grotesk, von mir zu verlangen, ich solle mich korrekt benehmen!« Erstaunt musterte er das reizende kleine Mädchen, das es gewagt hatte, ihn anzureden. »Vollkommen grotesk! Ich muß mit den Ketten rasseln, ich muß durch die Schlüssellöcher seufzen, ich muß in der Nacht spuken, wenn es das ist, was

Sie meinen. Das ist ja mein einziger Daseinszweck!«

»Das kann man nicht als Daseinszweck bezeichnen. Und Sie wissen doch, daß Sie sehr böse gewesen sind. Am ersten Tag, gleich als wir hier ankamen, hat Mrs. Umney uns erzählt, daß Sie Ihre Frau ermordet haben.«

»Das leugne ich nicht«, gab der Geist verdrossen zu, »doch das war eine reine Familienangelegenheit und geht keinen Menschen etwas an.«

»Es ist sehr häßlich, einen Menschen zu töten«, erklärte Virginia mit jenem süßen puritanischen Ernst, der sich manchmal bei ihr zeigte und den sie von irgendeinem Vorfahren in Neu-England geerbt haben mochte.

»Ach, mir ist diese billige Strenge abstrakter ethischer Begriffe höchst zuwider. Meine Frau war ein Ausbund an Häßlichkeit, hat mir meine Krausen nie richtig gestärkt und hatte keinen Dunst von der Küche. Da habe ich doch einmal im Hogley-Wald einen prachtvollen Spießer geschossen, und wissen Sie, was sie damit angefangen hat? Nun, wir wollen das jetzt auf sich beruhen lassen, es ist ja ohnehin alles vorüber, aber ich finde nicht, daß es besonders freundlich von meinen Schwägern war, mich verhungern zu lassen; wenn ich auch ihre Schwester, meine Frau, umgebracht habe.«

»Sie verhungern lassen!? O lieber Herr Geist – Sir Simon wollte ich sagen, haben Sie Hunger? Hier, in meiner Handtasche habe ich ein Brötchen. Hätten Sie Lust darauf?«

»Nein, danke. Jetzt esse ich überhaupt nicht mehr; aber Ihr Angebot ist nichtsdestoweniger sehr freundlich, und Sie sind viel netter als Ihre ganze gräßliche, rohe, vulgäre, unanständige Sippe!«

»Halt!« rief Virginia und stampfte mit dem Fuß auf, »Sie selber sind es, der roh und gräßlich und vulgär ist. Und was die

Unanständigkeit angeht – Sie wissen ja, daß Sie mir die Farben aus meinem Malkasten gestohlen haben, um den lächerlichen Blutfleck in der Bibliothek immer wieder aufzufrischen! Erst haben Sie alle meine roten Farben genommen, sogar das Purpurrot, so daß ich keinen Sonnenuntergang mehr malen kann, dann haben Sie das Smaragdgrün gestohlen, dann das Chromgelb, und schließlich ist mir nur noch Indigo und Chinesisch-Weiß geblieben. Damit konnte ich nichts als Mondscheinszenen fertig bringen, vor denen man immer Lust hat zu weinen und die überdies sehr schwer zu malen sind. Ich habe Ihr Geheimnis nicht preisgegeben, obwohl ich sehr böse auf Sie war, und die ganze Geschichte war doch höchst lächerlich. Wer hat schon je von smaragdgrünem Blut gehört!«

»Ja, allerdings«, erwiderte der Geist beinahe demütig. »Aber was hätte ich tun sollen? Heutzutage ist es sehr schwer, richtiges Blut aufzutreiben, und da Ihr

Bruder mit seinem Fleckputzmittel kam, fand ich es nur recht und billig, daß ich Ihre Farben benützte. Farben sind übrigens immer eine Geschmacksfrage; die Cantervilles, zum Beispiel, haben blaues Blut, das allerblaueste Blut von England. Aber ich weiß schon – euch Amerikanern sind solche Dinge sehr gleichgültig!«

»Gar nichts wissen Sie! Und Sie könnten nichts Besseres tun, als auszuwandern und sich ein wenig mehr zu bilden. Mein Vater wird Ihnen mit dem größten Vergnügen freie Überfahrt verschaffen, und wenn auch Geist in jeder Form mit hohen Zöllen belastet ist, werden Sie bei den Behörden keine Schwierigkeiten haben, weil ja alle Beamten Demokraten sind. Und sind Sie erst einmal in New York, so ist Ihnen der größte Erfolg sicher. Ich kenne eine Menge Leute, die hunderttausend Dollar dafür geben würden, um einen Großvater zu haben! Und gar erst für ein Familiengespenst! Dafür wäre ihnen kein Preis zu hoch!«

»Ich glaube nicht, daß Amerika mir gefallen würde.«

»Aha! Weil wir keine Ruinen und keine Merkwürdigkeiten besitzen! Nicht wahr?« meinte Virginia spöttisch.

»Keine Ruinen? Keine Merkwürdigkeiten?« erwiderte der Geist. »Und eure Marine? Und eure Manieren?!«

»Guten Abend! Ich werde Papa bitten, den Zwillingen noch eine Woche Ferien zu erwirken.«

»Gehen Sie nicht, Miss Virginia! Bitte, bitte!« rief er. »Ich bin ja so einsam und so unglücklich, und ich weiß wirklich nicht, was ich anfangen soll. Ich möchte so gern schlafen gehn und kann doch nicht.«

»Das ist blanker Unsinn. Legen Sie sich einfach ins Bett und blasen Sie die Kerze aus. Manchmal ist es sehr schwierig, sich wach zu halten, zumal in der Kirche. Aber einzuschlafen ist gar nicht schwer.«

»Seit dreihundert Jahren habe ich nicht geschlafen«, sagte er traurig, und Virginia riß erstaunt die schönen blauen Augen auf. »Seit dreihundert Jahren habe ich nicht mehr geschlafen, und ich bin doch so müde!«

Da wurde Virginia sehr ernst, und ihre kleinen Lippen zitterten wie Rosenblätter. Sie trat auf ihn zu, kniete neben ihm nieder und schaute in sein altes, verwittertes Gesicht.

»Sie armes, armes Gespenst«, flüsterte sie. »Haben Sie denn nirgends ein Plätzchen, wo Sie schlafen könnten?«

»Doch, doch! Weit hinter dem Tannenwald«, sagte er leise, verträumt, »dort ist ein kleiner Garten. Dort wächst das Gras hoch und dicht, dort leuchten die großen, weißen Sterne des Schierlings, dort singt die Nachtigall die ganze Nacht. Die ganze Nacht singt sie, und kühl, kristallen schaut der Mond hernieder, und die Eibe breitet ihre Riesenarme über die Schläfer.«

Virginias Augen trübten sich von Tränen; sie verbarg das Gesicht in den Händen.

»Sie meinen den Garten des Todes?« wisperte sie.

»Ja, des Todes! Der Tod muß doch wunderschön sein! In der weichen, braunen Erde zu liegen, wenn die Gräser über uns wogen, und dem Schweigen zu lauschen! Kein Gestern zu haben, kein Morgen! Die Zeit zu vergessen, dem Leben zu verzeihen, in Frieden zu sein! Sie können mir helfen. Sie können mir die Pforten zum Haus des Todes öffnen, denn mit Ihnen ist die Liebe, und die Liebe ist stärker als der Tod!«

Virginia zitterte, ein kalter Schauer überlief sie, und eine Weile lang blieb es still. Es war ihr, als träumte sie einen furchtbaren Traum.

Dann begann der Geist wieder zu sprechen, und seine Stimme tönte wie das Seufzen des Windes.

»Haben Sie die alte Prophezeiung auf dem Fenster in der Bibliothek gelesen?«

»Ja, und wie oft!« rief das Mädchen und schaute auf. »Ich kenne sie ganz genau.

Sie ist in seltsamen schwarzen Lettern gemalt und gar nicht leicht zu lesen. Sechs Verse sind es nur:

> Wenn's einer blonden Maid gelingt,
> Daß des Sünders Mund ein Gebet sich entringt,
> Wenn ein Kind für ihn seine Tränen vergießt,
> Der verdorrte Mandelbaum blüht und sprießt,
> Dann wird es hier im Hause still,
> Und Friede zieht ein in Canterville.

Was das zu bedeuten hat, weiß ich nicht.«

»Das bedeutet, daß Sie um mich, um meiner Sünden willen weinen müssen, denn ich selber habe keine Tränen, und dann müssen Sie mit mir für meine Seele beten, denn ich selber habe keine Religion; und dann, wenn Sie immer gut und lieb und nett gewesen sind, wird der Todesengel sich meiner erbarmen. Sie werden im Dunkeln schreckliche Ungeheuer sehen, verruchte Stimmen werden Ihnen ins Ohr flüstern, doch sie werden Ihnen nichts anhaben, denn gegen die

Reinheit eines Kindes können selbst die höllischen Mächte nicht obsiegen.«

Virginia gab keine Antwort, und der Geist rang in wilder Verzweiflung die Hände, als er auf ihren gesenkten goldblonden Kopf hinunterschaute. Plötzlich aber stand sie auf; sie war sehr blaß, doch in ihren Augen brannte ein seltsames Licht. »Ich habe keine Angst«, sagte sie fest. »Und ich will den Engel bitten, daß er sich Ihrer erbarme!«

Mit einem leisen Freudenschrei erhob er sich, nahm ihre Hand, beugte sich in altmodischer Höflichkeit darüber und küßte sie. Seine Finger waren kalt wie Eis, seine Lippen brannten wie Feuer, doch Virginia wankte nicht, als er sie durch den dämmrigen Raum führte. Auf den verschossenen grünen Gobelins waren kleine Jäger eingestickt. Sie stießen in die Hörner, daran Troddeln hingen, mit den winzigen Händen winkten sie ihr. »Kehr um, kleine Virginia!« riefen sie, »kehr um!« Doch das Gespenst hielt ihre

Hand nur um so fester, und sie schloß die Augen und sah die Jäger nicht an. Greuliche Untiere mit Schuppenschwänzen und rollenden Augen glotzten sie vom kunstvollen Kaminsims an und flüsterten: »Hüte dich, kleine Virginia, hüte dich! Mag sein, daß wir dich nie wiedersehen!« Doch nur noch rascher glitt das Gespenst weiter, und Virginia lauschte nicht auf sie. Als sie das Ende des Raumes erreicht hatten, blieb der Geist stehen und flüsterte Worte, die sie nicht verstand. Sie schlug die Augen auf und sah, wie die Wand langsam verschwand wie ein Nebel, und vor ihr tat sich eine mächtige schwarze Höhle auf. Ein bitterkalter Wind umwehte die beiden, und sie spürte, wie etwas an ihrem Kleid zog. »Schnell, schnell!« rief der Geist, »sonst ist es zu spät!« Und im nächsten Augenblick hatte die Täfelung sich hinter ihnen geschlossen, und das Gobelinzimmer stand leer.

VI

Etwa zehn Minuten später rief der Gong zum Tee, und da Virginia nicht herunterkam, schickte Mrs. Otis einen Diener hinauf, um sie zu holen. Doch bald kam er wieder und meldete, er könne Miss Virginia nirgends finden. Nun hatte sie die Gewohnheit, jeden Abend in den Garten zu gehen, um Blumen für den Abendtisch zu schneiden, und so war Mrs. Otis anfangs nicht weiter in Sorge; doch als es sechs schlug und Virginia noch immer nicht zu sehen war, da wurde sie mit einem Mal unruhig, schickte die Jungen auf die Suche nach dem Mädchen, während sie selber und Mr. Otis von Zimmer zu Zimmer gingen. Um halb sieben kehrten die Jungen heim; nein, sie hatten nirgends eine Spur ihrer Schwester entdecken können! Jetzt waren alle in höchster Erregung. Was tun?! Plötzlich kam es Mr. Otis in den Sinn, daß er einige Tage vorher einer Zigeunerbande erlaubt hatte, ihr Lager im Park aufzuschlagen. So machte er sich denn sogleich auf den Weg nach Blackfell Hollow; er wußte, daß die Zigeuner dorthin gezogen waren. Sein ältester Sohn und zwei Knechte vom Gut begleiteten ihn. Der kleine Herzog von Cheshire, der ganz außer sich vor Angst war, flehte, man möge ihn doch auch mitnehmen, das aber wollte Mr. Otis nicht zulassen, denn er fürchtete, es könnte zu einer Balgerei kommen.

Als sie das Lager erreichten, stellte sich heraus, daß die Zigeuner ihre Wanderung fortgesetzt hatten, und ganz augenscheinlich waren sie ziemlich überstürzt aufgebrochen, denn das Feuer brannte noch, und im Gras lag Geschirr umher. Mr. Otis sandte Washington und die beiden Knechte aus, damit sie die Gegend durchforschten, er selber aber eilte heim und telegraphierte sämtlichen Polizeiinspektoren der Grafschaft, man möge doch nach einem jungen Mädchen Ausschau halten, das von Landstreichern oder Zigeunern geraubt worden sei. Dann ließ er sein Pferd satteln, bestand darauf, daß seine Frau, der junge Herzog und die Zwillinge sich zu Tisch setzten, und ritt mit einem Reitknecht die Straße nach Ascot. Kaum hatten sie zwei Meilen zurückgelegt, als Mr. Otis hinter sich Hufschläge hörte, und als er sich umsah, erblickte er den kleinen Herzog, der auf seinem Pony dahergaloppierte; die Wangen des jungen Mannes glühten, und er hatte keinen Hut auf.

»Es tut mir wirklich furchtbar leid, Mr. Otis«, keuchte der Herzog, »aber ich kann keinen Bissen essen, solange Virginia nicht gefunden ist. Seien Sie mir, bitte, nicht böse; hätten Sie uns voriges Jahr erlaubt, uns zu verloben, so wäre es nie zu diesem Unglück gekommen. Sie dürfen mich jetzt nicht zurückschicken! Ich kann nicht anders, ich muß mit Ihnen reiten!«

Der Botschafter lächelte wider Willen über den Eifer des netten jungen Ritters, fand zudem solch hingebungsvolle Liebe rührend, und so beugte er sich auf seinem Pferd hinunter, klopfte dem jungen Herrn auf die Schulter und sagte: »Schön, Cecil, wenn Sie doch nicht heimkehren wollen, werden Sie wohl mit mir reiten müssen. Aber das sage ich Ihnen – in Ascot kaufe ich Ihnen einen Hut!«

»Zum Teufel mit dem Hut!« rief der kleine Herzog lachend. »Virginia will ich haben!« Und so galoppierten sie zum Bahnhof. Hier erkundigte sich Mr. Otis bei dem Stationsvorstand, ob ein Mädchen, das der Schilderung von Virginias Äußerem entsprach, auf dem Bahnsteig gesichtet worden sei, konnte aber nichts erfahren. Immerhin telegraphierte der Stationsvorstand die Strecke hinauf, hinab und versicherte, man werde genaue Nachforschungen anstellen. Dann kaufte Mr. Otis in einer Schnittwarenhandlung, die gerade schließen wollte, einen Hut für den Herzog, und nun ritten sie nach Bexley, einem Dorf, das etwa vier Meilen entfernt und, wie man ihm versicherte, ein wohlbekannter Zufluchtsort der Zigeuner war, weil sich neben dem Ort die große Gemeindewiese befand.

Hier wurde der Ortspolizist aufgeboten, doch auch von ihm ließ sich nichts erfahren; keinen Fleck der Wiese ließen sie undurchsucht, doch schließlich mußten sie ihre Pferde heimwärts wenden und erreichten gegen elf, fast mit gebrochenen Herzen und todmüde, das Schloß. Washington und die Zwillinge warteten schon mit Laternen beim Pförtnerhaus, denn die Allee lag in tiefstem Dunkel. Nein, nicht die kleinste Spur von Virginia war gefunden worden. Die Zigeuner hatte man auf der Wiese in Broxley erwischt, doch bei ihnen war sie nicht, und sie konnten ihren überstürzten Aufbruch damit rechtfertigen, daß sie sich im Datum des Jahrmarkts in Chorton geirrt hatten. Darum waren sie so rasch weitergezogen; sie befürchteten, sie könnten zu spät kommen. Sie waren selber ganz entsetzt, als sie hörten, daß Virginia verschwunden war, denn sie wußten Mr. Otis großen Dank dafür, daß er ihnen erlaubt hatte, in seinem Park zu lagern; vier von der Bande beteiligten sich sogar an den Nachforschungen.

Schon hatte man den Karpfenteich mit Schleppnetzen abgesucht, kein Winkel des ganzen Gutes, den man vergessen hätte, doch alles ohne Erfolg. Es wurde offenbar, daß Virginia, zum mindesten für diese Nacht, verloren war. Zutiefst niedergeschlagen ging Mr. Otis mit den jungen Leuten ins Schloß, hinter ihnen der Stallknecht mit den zwei Pferden und dem Pony. In der Halle drängte sich eine Schar verängstigter Dienstleute, und auf dem Sofa in der Bibliothek lag die arme Mrs. Otis, von Furcht und Schrecken ganz außer sich, und die alte Haushälterin netzte ihr die Stirne mit *Eau de Cologne*. Mr. Otis bestand darauf, sie müsse etwas zu sich nehmen, und ließ für die ganze Gesellschaft ein Abendessen auftragen.

Es war ein trauriges Mahl, kaum daß jemand ein Wort sprach, und selbst die Zwillinge waren still und bedrückt, denn sie hingen sehr an ihrer Schwester. Als man fertig war, erklärte Mr. Otis sogleich, dem Bitten und Flehen des kleinen Herzogs zum Trotz, nun müßten alle zu Bett gehen. Heute abend sei ohnehin nichts mehr zu machen, und morgen in aller Frühe wolle er an Scotland Yard telegraphieren. Unverzüglich müßten Detektive kommen!

Just als sie den Speisesaal verließen, begann es vom Turm zwölf zu schlagen, und als der letzte Schlag verklang, da hörten sie ein Getöse und einen jähen, schrillen Schrei; ein entsetzlicher Donnerschlag ließ das Schloß erbeben, überirdische Musik durchströmte das Haus, oben auf dem Treppenabsatz löste ein Brett in der Täfelung sich mit lautem Krach, und da stand auf der obersten

Stufe, totenblaß, ein Schmuckkästchen in der Hand, Virginia.

Im nächsten Augenblick waren alle hinaufgestürmt, Mrs. Otis umschlang sie leidenschaftlich, der Herzog erstickte sie mit glühenden Küssen, und die Zwillinge vollführten einen Kriegstanz rund um die Gruppe.

»Um Gottes willen, Kind, wo bist du denn gewesen?« fragte Mr. Otis beinahe verärgert, denn er glaubte, das Mädchen habe ihnen einen albernen Streich gespielt. »Cecil und ich sind auf der Suche nach dir landauf, landab geritten, deine Mutter hat sich die Seele aus dem Leib geängstigt! Solche Scherze darfst du nie wieder machen!«

»Nur mit dem Gespenst!« brüllten die Zwillinge. »Nur mit dem Gespenst!« Und dazu hüpften sie wie junge Ziegenböcke.

»Ach, mein Liebling! Gott sei Dank, daß du wieder da bist! Jetzt lasse ich dich nie mehr von meiner Seite«, flüsterte Mrs.

Otis, küßte das zitternde Kind und strich ihm über das goldene Gewirr des Haares.

»Papa«, sagte Virginia ganz ruhig. »Ich bin bei dem Geist gewesen. Er ist tot, und ihr müßt mit mir kommen und ihn sehen. Er ist sehr böse gewesen, doch er hat all seine Untaten aufrichtig bereut, und bevor er starb, hat er mir dieses Kästchen mit wunderschönem Schmuck gegeben.«

Stumm und verblüfft starrte die ganze Familie sie an, doch sie blieb ernst und gefaßt; und dann wandte sie sich um und führte die andern durch die Lücke in der Täfelung in einen schmalen, geheimen Gang. Washington folgte mit einer brennenden Kerze, die er vom Tisch genommen hatte. Schließlich kamen sie zu einer schweren Eichentür, die mit rostigen Nägeln beschlagen war. Als Virginia die Tür berührte, drehte sie sich in den wuchtigen Angeln, und nun betraten sie einen kleinen, niedrigen Raum mit gewölbter Decke und einem winzigen Gitterfenster. In die Wand eingelassen war ein mächtiger eiserner Ring, und an ihn gekettet ein Gerippe, das längelang auf den Fliesen ausgestreckt lag und anscheinend mit den dürren, entfleischten Fingern eine Schüssel und einen altmodischen Krug fassen wollte, die aber mit Bedacht so aufgestellt waren, daß der Gefangene sie nicht erreichen konnte. Der Krug war offenbar einst mit Wasser gefüllt gewesen, jetzt aber deckte grünlicher Schimmel sein Inneres. Auf der Schüssel hingegen war nichts als eine dichte Lage Staub. Virginia kniete neben dem Skelett nieder, faltete ihre kleinen Hände und begann leise zu beten, während alle andern staunend vor dem furchtbaren Drama standen, dessen Geheimnis sich ihnen jetzt enthüllt hatte.

»Hallo!« rief plötzlich einer der Zwillinge, der aus dem Fenster geschaut hatte, weil er doch gern wissen wollte, in welchem Flügel des Schlosses diese Kammer sich eigentlich befand. »Hallo! Der alte, verdorrte Mandelbaum hat ja geblüht! Ganz klar kann ich die Blüten im Mondlicht sehen!«

»Gott hat ihm vergeben«, sagte Virginia ernst, als sie sich jetzt erhob. Und ihre Züge waren von einem wunderbaren Glanz erhellt.

»Du Engel, du!« rief der junge Herzog; und dann legte er ihr den Arm um den Hals und küßte sie.

VII

Vier Tage nach diesen denkwürdigen Ereignissen verließ um elf Uhr nachts ein Leichenzug Schloß Canterville. Den Wagen zogen acht Rappen, von deren Köpfen große Büsche Straußenfedern nickten, den Bleisarg bedeckte ein prächtiges violettes Bahrtuch, darin das Wappen des Hauses Canterville eingestickt war. Neben dem Leichenwagen und den Kutschen schritten Diener mit brennenden Fackeln, und der ganze Zug bot ein großartiges Schauspiel. Der Hauptleidtragende war Lord Canterville, der eigens aus Wales gekommen war, um der Feier beizuwohnen, und mit der kleinen Virginia im ersten Wagen saß. Dann kam der amerikanische Botschafter mit seiner Frau, dann Washington, die Zwillinge und der Herzog, und im letzten Wagen saß Mrs. Umney. Da der Geist sie mehr als fünfzig Jahre ihres Lebens geplagt hatte, kam ihr nach allgemeiner Ansicht das Recht zu, ihn auf seinem letzten Weg zu begleiten. In der Ecke des Friedhofs, unter der alten Eibe, war ein tiefes Grab ausgehoben worden, und Reverend Augustus Dampier las ungemein eindrucksvoll das Gebet. Nachdem die Zeremonie beendet war, löschten die Diener, einem alten Brauch der Familie Canterville gemäß, die Fackeln aus, und der Sarg wurde in das Grab gesenkt; nun trat Virginia vor und legte ein großes Kreuz aus rosa und weißen Mandelblüten darauf. In diesem Augenblick tauchte der

Mond hinter einer Wolke auf und überflutete den kleinen Friedhof mit schweigendem Silber; und aus einem fernen Busch tönte das Lied einer Nachtigall. Da dachte Virginia daran, wie das Gespenst den Garten des Todes geschildert hatte, ihre Augen füllten sich mit Tränen, und auf der Heimfahrt sprach sie kaum ein Wort.

Am nächsten Morgen, bevor Lord Canterville die Rückfahrt in die Stadt antrat, trug Mr. Otis ihm die Geschichte von dem Schmuck vor, den der Geist Virginia gegeben hatte. Es waren prachtvolle Stücke, zumal ein Halsband aus Rubinen in altvenezianischer Fassung, ein wahres Meisterwerk aus dem 16. Jahrhundert. Die Juwelen waren so kostbar, daß Mr. Otis sich durchaus nicht im klaren darüber war, ob er seiner Tochter erlauben durfte, ein derartiges Geschenk anzunehmen.

»Mylord«, sagte er, »ich weiß, daß in diesem Land die Unveräußerlichkeit eines Erbes sich ebensogut auf Schmuck beziehen kann wie auf Grundbesitz, und so ist es mir vollkommen klar, daß diese Juwelen ererbtes Gut Ihrer Familie sind oder sein sollten. Darum muß ich Sie bitten, diese Stücke nach London mitzunehmen und als einen Teil Ihres Vermögens anzusehen, der Ihnen unter gewissen eigenartigen Umständen wieder zugefallen ist. Meine Tochter ist schließlich noch ein Kind und hat bis jetzt, wie ich mit Vergnügen feststelle, nur geringes Interesse an diesen Symbolen eines eitlen Luxus. Auch hat Mrs. Otis, die, wie ich sagen darf, sehr viel Verständnis für Kunst besitzt, weil sie den Vorzug genoß, als Mädchen einige Winter in Boston zu verbringen, mich wissen lassen, daß die Juwelen einen beträchtlichen Geldwert darstellen und beim Verkauf hohe Preise erzielen würden. Unter diesen Umständen, Lord Canterville, werden Sie selber gewiß begreifen, wie vollkommen unmöglich es mir wäre, zu erlauben, daß der Schmuck im Besitz eines Mitgliedes meiner Familie bleibt; und mag so eitler Tand und Flitter der Würde englischen Adels entsprechen oder in diesem Rahmen sogar notwendig sein, so wäre das alles doch bei jenen Menschen fehl am Ort, die in den strengen und, wie ich glaube, unsterblichen Grundsätzen republikanischer Schlichtheit aufgewachsen sind. Ich darf vielleicht noch erwähnen, daß Virginia glücklich wäre, wenn Sie ihr gestatteten, das Kästchen zur Erinnerung an Ihren unglücklichen, aber mißleiteten Vorfahren zu behalten. Da es sehr alt ist und demzufolge eingehender Reparatur bedarf, werden Sie es vielleicht für möglich halten, dieser Bitte zu entsprechen. Ich für meinen Teil muß gestehen, daß ich nicht wenig überrascht bin, bei einem Kind von mir in irgendeiner Form eine Vorliebe für das Mittelalter zu entdecken, und ich kann mir das nur durch den Umstand erklären, daß Virginia kurz nach der Rückkehr von Mrs. Otis von ihrer Reise nach Athen in einem Londoner Vorort das Licht der Welt erblickt hat.«

Mit tiefem Ernst lauschte Lord Canterville den Worten des würdigen Diplomaten, strich sich nur dann und wann über den grauen Schnurrbart, um ein unfreiwilliges Lächeln zu verbergen, und als Mr. Otis geendet hatte, schüttelte er ihm kräftig die Hand und sagte: »Mein lieber Herr, Ihre reizende Tochter hat meinem unseligen Ahnen, Sir Simon, einen ganz außerordentlich wichtigen Dienst geleistet, und ich und meine Familie, wir sind ihr für ihren Mut und ihre Seelenstärke zutiefst verpflichtet. Die Schmuckstücke gehören eindeutig ihr und ihr allein, und, bei Gott, ich glaube, wenn ich herzlos genug wäre, sie von ihr anzunehmen, würde der verruchte alte Knabe binnen vierzehn Tagen wieder aus dem Grab steigen und mir ein Höllenleben bereiten. Und was Ihre Skrupel betreffend die Unveräußerlichkeit mancher Besitztümer angeht, darf ich Sie beruhigen. Nichts ist ein Erbstück, was nicht ausdrücklich in einem Testament oder einem andern gesetzlich gültigen Dokument als solches angeführt wurde; und von dem Vorhandensein dieses Schmucks hat kein Mensch eine Ahnung gehabt. Ich versichere Sie, daß ich keinen größeren Anspruch darauf habe als Ihr Butler, und wenn Miss Virginia einmal eine Dame ist, dann wird sie – das darf ich wohl voraussetzen – recht gern schöne Dinge tragen. Überdies wollen Sie, bitte, nicht vergessen, Mr. Otis, daß Sie die Einrichtung inklusive Gespenst zum Schätzwert gekauft haben, und damit ist auch alles, was dem Geist gehört hat, in Ihren Besitz übergegangen, denn wie immer Sir Simon sich nachts auf dem Korridor betätigt haben mag, war er doch vom Standpunkt des Gesetzes aus einwandfrei tot, und so haben Sie sein Eigentum durch den Kauf miterworben.«

Mr. Otis war gar nicht erfreut über die

Weigerung des Lords und bat ihn, die Frage doch noch einmal zu erwägen, der gutmütige Peer aber blieb fest, und schließlich gelang es ihm, den Botschafter dazu zu überreden, daß dessen Tochter das Geschenk behalten durfte, das sie vom Gespenst erhalten hatte, und als im Frühling des Jahres 1890 die junge Herzogin von Cheshire, anläßlich ihrer Vermählung, der Königin vorgestellt wurde – eines Nachmittags, weil Ihre Majestät abends nicht mehr empfing –, war das Entzücken über ihren Schmuck allgemeines Gesprächsthema. Denn Virginia erhielt die Adelskrone, wie es die Belohnung aller braven kleinen amerikanischen Mädchen ist, und heiratete ihren jugendlichen Verehrer, sobald er mündig geworden war. Die beiden waren so reizend und liebten einander so sehr, daß alle Welt über diese Eheschließung begeistert war, mit Ausnahme der alten Marquise von Dumbleton, die den Herzog für eine ihrer sieben unverheirateten

Töchter zu angeln versucht und zu diesem Zweck nicht weniger als drei kostspielige Soupers veranstaltet hatte, und, seltsam genug, auch mit Ausnahme von Mr. Otis. Ja, gewiß, Mr. Otis hatte den jungen Herzog persönlich sehr gern, theoretisch aber war er ein Gegner aller Adelstitel und konnte, um seine eigenen Worte zu gebrauchen, »die Besorgnis nicht verhehlen, daß unter dem erschlaffenden Einfluß einer vergnügungssüchtigen Aristokratie die echten Grundsätze republikanischer Schlichtheit vergessen werden könnten«. Doch seine Einwände mußten verstummen, und an dem Tag, da er seine Tochter durch das Schiff vom St.George's, Hanover Square, an den Altar führte, wird es wohl im ganzen Vereinigten Königreich keinen stolzeren Mann gegeben haben. Das ist meine Ansicht.

Kaum waren die Flitterwochen vorüber, als der Herzog und die Herzogin sich auch schon nach Canterville begaben, und am Tag nach ihrer Ankunft gingen sie nachmittags auf den einsamen Friedhof im Tannenwald. Zunächst waren manche Schwierigkeiten zu überwinden gewesen, denn man wußte nicht recht, was man auf Sir Simons Grabstein setzen sollte, doch schließlich entschied man sich dafür, nur die Initialen des alten Herrn einzumeißeln und darunter die Verse vom Fenster in der Bibliothek. Die Herzogin hatte liebliche Rosen mitgebracht, die sie nun über das Grab streute; das junge Paar blieb noch eine Weile stehen und wanderte dann in die Trümmer des alten Klosters. Dort setzte die Herzogin sich auf eine gestürzte Säule, ihr Mann legte sich ihr zu Füßen, zündete eine Zigarette an und schaute seiner Frau in die wunderschönen Augen. Doch plötzlich warf er die Zigarette weg, griff nach Virginias Hand und sagte: »Virginia, eine Frau soll vor ihrem Gatten keine Geheimnisse haben!«

»Ja, aber liebster Cecil, ich habe doch keine Geheimnisse vor dir!«

»O ja«, erwiderte er lächelnd. »Du hast mir nie erzählt, was sich zugetragen hat, als du mit dem Gespenst eingeschlossen warst.«

»Das habe ich keinem Menschen erzählt, Cecil«, sagte sie ernst.

»Ich weiß wohl, aber mir könntest du es doch erzählen!«

»Verlange das nicht von mir, Cecil; ich kann es dir nicht sagen. Armer Sir Simon! Ich habe ihm sehr viel zu verdanken. Ja – lach nicht! Es ist die pure Wahrheit. Von ihm habe ich gelernt, was das Leben ist und was der Tod bedeutet. Und warum die Liebe stärker ist als beide.«

Der Herzog stand auf und umarmte seine Frau zärtlich.

»Du darfst dein Geheimnis so lange behalten, wie dein Herz mir gehört!« flüsterte er.

»Das war immer dein, Cecil.«

»Und vielleicht erzählst du es eines Tages unseren Kindern; ja?«

Virginia errötete.

Der Modellmillionär
Ein Zeichen der Bewunderung

Wenn man nicht reich ist, hat es keinen Sinn, ein netter Junge zu sein. Romantik ist das Vorrecht der Reichen, nicht der Beruf der Arbeitslosen. Der Arme muß praktisch und prosaisch sein. Es ist besser, ein sicheres Einkommen zu haben, als die Leute zu bezaubern. Das sind die großen Wahrheiten des modernen Lebens, die Hugo Erskine niemals erkannte. Armer Hugo! In intellektueller Beziehung, das muß ich zugeben, war er freilich nicht von großer Bedeutung. Er hat nie in seinem Leben ein glänzendes oder auch nur ein bissiges Wort gesagt – aber er sah wunderhübsch aus mit seinem krausen braunen Haar, seinem feingeschnittenen Profil und seinen braunen Augen. Er war ebenso beliebt bei Männern wie bei Frauen, und er hatte jede Tugend, nur nicht die, Geld machen zu können. Sein Vater hatte ihm seinen Kavalleriesäbel und eine *Geschichte des spanischen Erbfolgekriegs* in fünfzehn Bänden hinterlassen. Hugo hing den ersteren über seinen Spiegel und stellte die letzteren auf ein Regal zwischen *Ruff's Guide* durch London und *Bailey's Magazine* und lebte von zweihundert Pfund im Jahr, die eine alte Tante ihm aussetzte. Er hatte alles versucht. Er war sechs Monate auf die Börse gegangen; aber was soll ein Schmetterling zwischen gierigen Raubtieren anfangen? Etwas längere Zeit war er Teehändler gewesen, aber Pekoe und Souchong langweilten ihn bald. Dann hatte er versucht, herben Sherry zu verkaufen. Das ging nicht – der Sherry war etwas zu herb. Endlich war er nichts weiter als ein entzückender, harmloser junger Mann mit einem vollendeten Profil, aber ohne Beruf.

Um das Übel voll zu machen, war er überdies verliebt. Das Mädchen, das er liebte, war Laura Merton, die Tochter eines pensionierten Obersten, der seine gute Laune und seine gute Verdauung in Indien verloren hatte und keines von beiden je wiederfand. Laura betete Hugo an, und er war bereit, ihre Schuhbänder zu küssen. Es gab kein hübscheres Paar in London, aber sie besaßen zusammen keinen Heller. Der Oberst hatte Hugo sehr gern, wollte aber nichts von einer Verlobung wissen.

»Kommen Sie zu mir, mein Junge, wenn Sie einmal zehntausend Pfund besitzen – dann werden wir weiter sehen«, pflegte er zu sagen; und an solchen Tagen blickte Hugo sehr sauer drein, und Laura mußte ihn trösten.

Eines Morgens, als er gerade auf dem Wege nach dem Holland Park war, wo die Mertons wohnten, kam ihm der Gedanke, einen guten Freund, Alan Trevor, zu besuchen. Trevor war ein Maler. Es gelingt heutzutage wirklich wenig Leuten, dies nicht zu sein. Aber er war auch ein Künstler, und Künstler sind doch schon etwas seltener. Äußerlich war er ein seltsam grober Bursche mit einem sommersprossigen Gesicht und einem wilden roten Bart. Wenn er aber seinen Pinsel in die Hand nahm, war er ein wirklicher Meister, und seine Bilder waren sehr gesucht. Er war anfangs von Hugo lediglich seiner äußeren Vorzüge wegen entzückt gewesen. »Die einzigen Leute, mit denen ein Maler verkehren sollte«, pflegte er zu sagen, »sind Leute, die dumm und schön sind, Leute, die anzusehen ein künstlerischer Genuß ist, und bei denen der Geist ausruht, wenn man mit ihnen spricht. Männer, die Dandys und Frauen die Darlings sind, regieren die Welt oder sollten es wenigstens.« Als er aber Hugo besser kennenlernte, gewann er ihn ebenso lieb wegen seines frischen, heiteren Wesens und seiner sorglosen, noblen Natur; und so hatte er ihm erlaubt, ihn jederzeit in seinem Atelier zu besuchen.

Als Hugo eintrat, war Trevor gerade dabei, die letzte Hand an ein wundervolles, lebensgroßes Bildnis eines Bettlers zu legen. Der Bettler selbst stand auf einer erhöhten Plattform in einer Ecke des Ateliers. Es war ein vertrocknetes, zerknittertes altes Männchen mit einem Gesicht wie Pergament und mit einem sehr kläglichen Ausdruck in den Zügen. Über seine Schulter war ein elender brauner Mantel geworfen, ganz zerfetzt und zerlumpt. Seine plumpen Schuhe waren geflickt, und mit einer Hand stützte er sich auf einen derben Stock, mit der anderen hielt er seinen zerschlissenen Hut nach Almosen hin.

»Welch ein verblüffendes Modell!« flüsterte Hugo, als er seinem Freund die Hand schüttelte.

»Ein verblüffendes Modell?!« schrie Trevor mit der ganzen Kraft seiner Stimme. »Das will ich wohl meinen! Solchen Bettlern begegnet man nicht alle Tage. Eine *trouvaille, mon cher*, ein lebender Velasquez! Beim Himmel – was für eine Radierung hätte Rembrandt nach ihm gemacht.«

»Armer alter Kerl!« sagte Hugo. »Wie

elend er aussieht! Aber für euch Maler muß ja sein Gesicht ein wahres Vermögen bedeuten.«

»Gewiß«, antwortete Trevor. »Sie können ja schließlich nicht verlangen, daß ein Bettler glücklich aussieht.«

»Wieviel bekommt ein Modell für eine Sitzung?« fragte Hugo, nachdem er sich bequem auf den Diwan niedergelassen hatte.

»Einen Schilling für die Stunde.«

»Und wieviel bekommen Sie für ein Bild, Alan?«

»Na – für das bekomme ich zweitausend.«

»Pfund?«

»Guineen. Maler, Poeten und Ärzte rechnen immer nur nach Guineen.«

»Das Modell sollte eigentlich eine Tantieme bekommen!« rief Hugo lachend. »Es hat eine ebenso schwere Arbeit wie Sie.«

»Unsinn, Unsinn! ... Sehen Sie nur, was mir das Farbenauftragen allein

schon für Mühe macht, und glauben Sie, es ist nichts, so den ganzen Tag vor der Staffelei zu stehen? Sie haben leicht reden, Hugo, aber ich versichere Sie, daß es Augenblicke gibt, wo die Kunst fast die Würde des Handwerks erreicht. Aber jetzt stören Sie mich nicht – ich habe noch sehr viel zu tun! Nehmen Sie eine Zigarette und verhalten Sie sich ruhig.«

Nach einiger Zeit kam der Diener herein und sagte Trevor, daß der Rahmenmacher ihn zu sprechen wünsche.

»Laufen Sie nicht davon, Hugo«, sagte er, als er hinausging. »Ich bin im Augenblick zurück.«

Der alte Bettler benützte die Abwesenheit Trevors, um sich ein wenig auf der hölzernen Bank, die hinter ihm stand, auszuruhen. Er sah so verloren und elend aus, daß Hugo Mitleid mit ihm haben mußte. Er suchte in seinen Taschen, um zu sehen, was er an Kleingeld bei sich habe. Er fand aber nur einen Sovereign und einige Kupfermünzen. ›Armer alter

Kerl‹, sagte er zu sich selbst. ›Er braucht das Geld nötiger als ich. Für mich bedeutet das allerdings vierzehn Tage lang keinen Wagen.‹ Er ging durch das Atelier und schob den Sovereign in die Hand des Bettlers.

Der alte Mann sah verwundert auf, und ein schwaches Lächeln zuckte um seine vertrockneten Lippen. »Danke, Sir«, sagte er, »danke.«

Dann kam Trevor zurück, Hugo nahm Abschied und errötete dabei ein wenig über seine Tat. Er verbrachte den Tag mit Laura, sie schalt ihn liebenswürdig wegen seiner Extravaganz, und dann mußte er zu Fuß heimgehen. Gegen elf Uhr abends ging er noch in den Paletteklub, und dort fand er Trevor, der einsam im Rauchzimmer saß und Rheinwein mit Selterswasser trank.

»Nun, Alan, haben Sie Ihr Bild fertigbekommen?« sagte er und zündete sich eine Zigarette an.

»Fix und fertig und eingerahmt, mein

Junge«, antwortete Trevor. »Sie haben übrigens eine Eroberung gemacht. Das alte Modell, das Sie gesehen haben, ist ganz und gar in Sie verschossen. Ich mußte ihm alles über Sie erzählen, wer Sie sind, wo Sie wohnen, wie hoch Ihr Einkommen ist, was für Aussichten Sie haben.«

»Mein lieber Alan«, rief Hugo. »Wenn ich jetzt nach Hause komme, wird er mich sicher schon erwarten. Sie machen hoffentlich nur einen Scherz? Der arme Jammergreis! Ich wünschte, ich könnte etwas für ihn tun. Es muß schrecklich sein, wenn man gar so elend ist. Ich habe Stöße von alten Kleidern zu Hause – glauben Sie, daß er was davon gebrauchen könnte? Seine Fetzen fielen ihm ja schon in Stücken vom Leibe.«

»Aber er sieht prachtvoll darin aus«, sagte Trevor. »Nicht um alles in der Welt würde ich ihn im Frack malen. Was Sie Fetzen nennen, nenne ich romantisch. Was Ihnen jammervoll erscheint, ist für mich pittoresk. Übrigens werde ich ihm von Ihrem Anerbieten Mitteilung machen.«

»Alan«, sagte Hugo ernsthaft. »Ihr Maler seid doch ein herzloses Pack.«

»Eines Künstlers Herz ist sein Kopf«, antwortete Trevor. »Und überdies besteht unser Beruf darin, die Welt zu verwirklichen, wie wir sie sehen, nicht sie zu verbessern, weil wir sie kennen. *A chacun son métier!* Und nun sagen Sie mir, wie es Laura geht. Das alte Modell hat sich ungemein für sie interessiert.«

»Wollen Sie damit etwa sagen, daß Sie ihm von ihr erzählt haben?« fragte Hugo.

»Gewiß hab' ich das getan! Er weiß alles über den eigensinnigen Oberst, die liebliche Laura und die fehlenden zehntausend Pfund.«

»Sie haben also einem alten Bettler alle meine Privatverhältnisse erzählt?!« rief Hugo und wurde sehr rot und ärgerlich.

»Mein lieber Junge«, sagte Trevor und lächelte. »Dieser alte Bettler, wie Sie ihn nennen, ist einer der reichsten Männer in Europa. Er könnte morgen ganz London zusammenkaufen, ohne sein Konto zu überziehen. Er hat ein Haus in jeder Hauptstadt, speist von goldenen Schüsseln und kann, wenn es ihm gerade einfällt, Rußland verhindern, Krieg zu führen.«

»Wie meinen Sie das?« fragte Hugo erstaunt.

»Wie ich es sage«, antwortete Trevor. »Der alte Mann, dem Sie heute in meinem Atelier begegnet sind, ist Baron Hausberg. Er ist ein guter Freund von mir, kauft alle meine Bilder und hat mir vor einem Monat den Auftrag gegeben, ihn als Bettler zu malen. *Que voulez-vous? La fantaisie d'un millionnaire!* Und ich muß sagen, er sah wundervoll aus in seinen Lumpen, oder besser gesagt in meinen Lumpen; ich habe die ganze Garnitur einmal alt in Spanien gekauft.«

»Baron Hausberg?!« rief Hugo. »Allmächtiger – und ich hab' ihm einen

Sovereign gegeben!« Und er sank, ein Bild des Jammers, in den Lehnstuhl.

»Sie haben ihm einen Sovereign gegeben?!« brüllte Trevor und konnte sich vor Lachen nicht halten. »Mein lieber Junge, Sie werden Ihr Geld nie wiedersehen. *Son affaire c'est l'argent des autres.*«

»Sie hätten mir das aber auch vorher sagen können!« schmollte Hugo. »Dann hätt' ich mich nicht so zum Narren gemacht.«

»Na, hören Sie mal, Hugo!« sagte Trevor. »Erstens konnte ich nicht annehmen, daß Sie so sorglos mit Almosen um sich werfen! Ich verstehe, daß man einem hübschen Modell einen Kuß gibt, aber einem häßlichen Modell einen Sovereign – nein, das geht über meinen Horizont. Überdies war ich tatsächlich an diesem Tage für niemanden zu sprechen. Als Sie kamen, wußte ich nicht, ob Hausberg eine offizielle Vorstellung passen würde. Sie wissen ja – er war nicht gerade in *full dress.*«

»Für was für einen Trottel muß er mich halten!« sagte Hugo.

»Aber durchaus nicht! Er war, nachdem Sie uns verlassen hatten, in der denkbar besten Laune. Er lachte immer in sich hinein und rieb fortwährend seine alten, verrunzelten Hände. Ich verstand nicht, warum er sich so für Sie interessierte. Aber nun kapiere ich es. Er wird den Sovereign für Sie anlegen, Hugo, Ihnen alle sechs Monate Ihre Zinsen zahlen und bei jedem Diner den kapitalen Spaß erzählen.«

»Ich bin ein unglücklicher Teufel«, brummte Hugo. »Das beste ist, ich gehe zu Bett. Bitte, Alan, erzählen Sie niemandem die Geschichte – ich könnte mich sonst nicht mehr auf der Straße sehen lassen!«

»Unsinn, die Sache wirft auf Ihren philanthropischen Geist das beste Licht, Hugo. Und jetzt laufen Sie nicht davon! Nehmen Sie noch eine Zigarette, und dann schwatzen wir über Laura, soviel Sie wollen!«

Aber Hugo wollte nun einmal nicht bleiben, sondern ging nach Hause, und es war ihm sehr unbehaglich zumute. Alan Trevor aber blieb zurück und lachte sich halbtot.

Als Hugo am nächsten Morgen beim Frühstück saß, brachte ihm das Mädchen eine Karte, auf der unter dem Namen Monsieur Gustave Naudin geschrieben war: *De la part de M. le Baron Hausberg.* ›Er kommt offenbar, um meine Entschuldigung entgegenzunehmen‹, sagte Hugo zu sich selbst. Und er ließ den Fremden hereinbitten.

Ein alter Herr mit goldener Brille und grauem Haar trat ein und sagte mit leicht französischem Akzent: »Habe ich die Ehre, mit Monsieur Erskine zu sprechen?«

Hugo verbeugte sich.

»Ich komme vom Baron Hausberg«, fuhr er fort, »und der Baron –«

»Ich bitte Sie, mein Herr, ihm meine aufrichtigsten Entschuldigungen zu übermitteln«, stammelte Hugo.

»Der Baron«, sagte der alte Herr mit einem Lächeln, »hat mich beauftragt, Ihnen diesen Brief zu bringen«; und er reichte ihm ein versiegeltes Kuvert.

Auf dem Briefumschlag stand geschrieben: »Ein Hochzeitsgeschenk für Hugo Erskine und Laura Merton von einem alten Bettler.« Und darin lag ein Scheck auf zehntausend Pfund.

Als sie heirateten, war Alan Trevor Brautführer, und der Baron hielt beim Hochzeitsmahl eine Rede.

»Es gibt wenig Millionärmodelle«, bemerkte Alan, »aber wahrhaftig – Modellmillionäre sind noch seltener.«

Philosophische Leitsätze zum Gebrauch für die Jugend

Die erste Pflicht im Leben ist: so künstlich wie möglich zu sein. Eine zweite Pflicht hat bis heute noch keiner entdeckt.

Lasterhaftigkeit ist ein Mythos, den gute Leute erfunden haben, um die merkwürdige Anziehungskraft anderer zu erklären.

Wären die Armen nur nicht so häßlich, die soziale Frage ließe sich leicht lösen.

Die einen Unterschied zwischen Körper und Seele machen, haben keines von beiden.

Eine wirklich tadellose Knopflochblume ist das einzige, was Kunst mit Natur verbindet.

Religionen sterben, wenn ihre Wahrheit erwiesen ist. Die Wissenschaft ist das Archiv toter Religionen.

Guterzogene widersprechen anderen.
Weise widersprechen sich.

Tatsachen haben nicht die geringste Bedeutung.

Stumpfsinn ist mündig gewordener Ernst.

In allen unwichtigen Dingen ist Stil, nicht Ernsthaftigkeit, wesentlich.
In allen wichtigen Dingen ist Stil, nicht Ernsthaftigkeit, wesentlich.

Wer die Wahrheit sagt, wird früher oder später dabei ertappt.

Vergnügen ist das einzige, wofür man leben sollte. Nichts macht so alt wie Glück.

Nur wer seine Rechnungen nicht bezahlt, darf hoffen, im Gedächtnis der Krämer-Kaste weiterzuleben.

Kein Verbrechen ist vulgär. Aber jede Vulgarität ist ein Verbrechen. Vulgär ist das Benehmen anderer.

Nur Flachköpfe kennen sich.

Zeit ist Geldverschwendung.

Man sollte stets ein wenig unwahrscheinlich sein.

Gute Vorsätze haben etwas Fatales: sie werden immer zu früh gefaßt.

Es gibt nur eine Entschuldigung, wenn man sich gelegentlich exzentrisch kleidet: man muß sich stets exzentrisch benehmen.

Frühreif sein heißt vollkommen sein.

Jedes Vorurteil über richtiges oder falsches Verhalten beweist eine gestörte intellektuelle Entwicklung.

Ehrgeiz ist die letzte Zuflucht des Versagers.

Eine Wahrheit hört auf wahr zu sein, wenn mehr als einer an sie glaubt.

In Prüfungen stellen Toren Fragen, die Weise nicht beantworten können.

Die griechische Kleidung war wesentlich unkünstlerisch. Nichts als der Körper sollte den Körper offenbaren.

Man sollte entweder ein Kunstwerk sein oder ein Kunstwerk tragen.

Nur die oberflächlichen Eigenschaften dauern. Des Menschen tiefere Natur ist bald entlarvt.

Fleiß ist die Wurzel aller Häßlichkeit.

Nur die Götter kosten den Tod. Apollo ist nicht mehr. Aber Hyacinth, den er erschlug, lebt weiter. Nero und Narziß sind immer mit uns.

Greise glauben alles. Männer bezweifeln alles. Kinder wissen alles.

Voraussetzung zur Vollkommenheit ist Muße. Ziel der Vollkommenheit ist Jugend.

Nur Meistern des Stils gelingt es, dunkel zu sein.

❖

Die Zeitalter leben in der Geschichte durch ihre Anachronismen.

❖

Es ist tragisch, daß so viele gutaussehende junge Männer ins Leben treten, um in einem nützlichen Beruf zu enden.

❖

Eigenliebe ist Anfang einer lebenslangen Romanze.

Versuch über Oscar Wilde

Die Geschichten Oscar Wildes, auf ihre nackte Fabel reduziert, geraten in den Verdacht der Kolportage: der edleschönegute Jüngling gewinnt nach mancherlei Abenteuern seine edleschönegute Maid, oder die unglücklich Liebende stirbt an gebrochenem Herzen: das Ende ist happy oder traurig wie nur je ein Küchenlied.

Oscar Wilde hat sich der trivialen Muster moralischer Erbauung bedient, um die Moral kopfstehen zu lassen. Denn was ist mit dem so erzählten Inhalt schon gesagt? Vielleicht etwas über die Richtigkeit seines Kunst-Credos, wonach die Form alles, das Sujet nur Anlaß ist. Über den Zweck der Kunst gibt es so viele wohlmeinende Plattheiten, daß es wieder lohnt, Leben und Werk Oscar Wildes – der sich entschieden gegen jede Aufgabe der Kunst verwahrte – als praktisches Beispiel vorzuführen. Denn merkwürdig: der erklärte Ästhet Oscar Wilde hat das *épater le bourgeois* betrieben wie kein zweiter. Viele waren so vernichtend wie Oscar Wilde, aber keiner war dabei so wenig verletzend.

Oscar Fingall O'Flahertie Wills Wilde wurde am 16. Oktober 1854 in Dublin geboren. Seine Mutter hatte als ›Speranza‹ patriotische Gedichte und

Pamphlete verfaßt, als Ehefrau beschränkte sie sich auf die Führung eines Salons, wo sie die Spitzen des irischen Risorgimentos empfing. Sir William Wilde war ein berühmter Augen- und Ohrenchirurg, Leibarzt der Queen Victoria und Vater zahlreicher unehelicher Kinder.

Oscar Wilde war ein glänzender, aber schlechter Schüler. Er war zu begabt, um sich unterordnen zu müssen. Außerdem interessierte ihn Sport nicht, und es gehörte Mut dazu, im Sport ein Versager zu sein. Nach Abschluß der Portora School erhielt er die Portora-Goldmedaille für das beste Examen; vom Trinity College die Berkeley-Goldmedaille für das beste Examen und ein Oxford-Stipendium; in Oxford schloß er mit Auszeichnung ab und erhielt den Newdigate-Preis für sein Gedicht *Ravenna*.

Drei Lehrer haben ihn entscheidend beeinflußt: John P. Mahaffy, Professor für alte Geschichte am Trinity College, mit dem er nach Italien und Griechenland reiste; John Ruskin, Mitbegründer der präraffaelitischen Bewegung, für den das Schöne auch noch das Gute war; und Walter Pater, der lehrte, daß Kunst nichts mit Moral zu schaffen habe, im Sinne Schopenhauers: »Die schönen, hohen Bäume tragen kein Obst: die Obstbäume sind häßliche kleine Krüppel.« Worüber die Bürger sich aber noch nicht empören konnten, weil sie die Essays nicht verstanden, und Walter Pater – bei allen ausschweifenden Ansichten – das maßvolle Dasein eines Stubengelehrten lebte.

Nach seinem Studium versuchte sich Oscar Wilde als selbsternannter ›Professor für Ästhetik‹, ließ auf eigene Kosten seine Gedichte drucken und ging für ein Jahr auf eine Vortragsreise durch Amerika, wo er in Kniehosen und Samtfrack über die ästhetische Bewegung, die Renaissance, das Kunsthandwerk und eine künstlerische Gestaltung des Lebens vortrug – bei aller Pose und Selbstironie so lächerlich nicht: das ›Unnütze‹ als notwendig zu predigen, ist wichtig.

In New York erlebte er die Uraufführung seines erfolglosen Revolutionsdramas *Vera oder die Nihilisten*; er bereiste Frankreich, wo er alle literarischen Größen der Zeit kennenlernte: Mallarmé, Verlaine, Zola, Daudet, E. de Goncourt, Régnier, Bourget, Schwob und den jungen Gide. Er heiratete Constance Lloyd, wurde Vater von zwei Söhnen, Cyril und Vyvyan, die er als Gesprächspartner in seinen dialogischen Essays verewigte, bezog ein Haus im Londoner Künstlerviertel Chelsea, Tite Street 16, wo für die gehörige künstlerische Innendekoration

«Oscar Wilde bei der Arbeit»
Karikatur von Aubrey Beardsley 1898

sein späterer Feind James McNeill Whistler besorgt war. Zwei Jahre gab er die Frauenzeitschrift *Woman's World* heraus, für die er selbst Buchrezensionen schrieb. Nach dem Erfolg seiner ersten Märchensammlung *Der glückliche Prinz* gab er die Stelle auf; seine eigentliche literarische Laufbahn hatte begonnen, in jedem Jahr erschien mindestens ein neues Werk von ihm: *Das Porträt des Mr. W. H.*, ein Essay über die Homoerotik in den Shakespeare-Sonetten; sein einziger Roman *Das Bildnis des Dorian Gray;* die Erzählungen; die zweite Märchensammlung *Das Granatapfelhaus;* zahlreiche Essays, darunter *Der Kritiker als Künstler, Der Verfall des Lügens, Die Wahrheit der Masken* und *Der Sozialismus und die Seele des Menschen.* Denn die ästhetische Bewegung war auch eine sozialistische. Freilich nicht in dem Sinn, daß nun Kunst und Literatur vor den Karren der Sache des Sozialismus zu spannen seien – im Gegenteil: der Sozialismus sollte Kunst und Literatur von allen gesellschaftlichen Aufgaben befreien. Man war notgedrungen Sozialist, weil man mit seinem Leben etwas Besseres vorhatte, nicht aus Spaß am Kämpfen. William Morris: »Mein Konflikt mit den Spießern der modernen Gesellschaft hat mir direkt die Überzeugung *aufgezwungen,* daß Kunst unter dem gegenwärtigen System des Kommerzialismus und der Gewinntreiberei kein eigenes Leben haben kann.« Aber sie riefen das Volk nicht zu den Waffen, sondern zu Büchern und Gemälden; sie wollten eine ›ästhetische Erziehung des Menschen‹. Ästhetizismus als Weigerung, überhaupt irgendwofür zu kämpfen; es galt die herrschenden Wertbegriffe ›Tüchtigkeit‹, ›Arbeitsdynamik‹, ›Produktionssteigerung‹ durch Kunst, Literatur, Wissenschaften, Philosophie, *Leben* zu substituieren. Oscar Wilde: »Die meisten Persönlichkeiten waren genötigt, Empörer zu sein. Ihre halbe Kraft hat die Reibung mit der Außenwelt verbraucht. – Der Sozialismus ist lediglich darin von Wert, weil er zum Individualismus führt.« Ist das Utopie? »Eine Landkarte, in der das Land Utopia nicht eingezeichnet ist, verdient keinen Blick.« Gewiß keine größere Utopie, sicher eine humanere als der Glaube, mit Gewalt eine gewaltlose Welt zu schaffen. Der Sozialismus der Ästheten unterschied sich in zwei wesentlichen Punkten von dem proletarischer Provenienz: in der Wahl der Mittel, denn das Bewußtsein sollte das Sein verändern, nicht umgekehrt. Und im Ziel, nämlich der künstlerischen Entfaltung, das überhaupt erst den Impuls gab.

Mit dem Einakter *Salome* und den Komödien *Lady Windermeres Fächer*, *Eine Frau ohne Bedeutung*, *Ein idealer Gatte* und der besten, *Die Bedeutung Ernst zu sein*, gelang Oscar Wilde, was selten gelingt: das Publikum lachte, worüber zu lachen ihm eigentlich seine ›Grundsätze‹ verbot. Oscar Wilde hatte den Zenit seines Ruhmes erreicht. Er konnte sich leisten, nach einer Premiere zu sagen: »Es freut mich, daß Ihnen mein Stück gefallen hat; ich selbst habe mich selten so gut amüsiert.« Oscar Wilde war ein glänzender Unterhalter; als eine Art Wundertier wurde er von Party zu Party gereicht und war mit rücksichtslosem Charme Mittelpunkt: »Andern zuzuhören, wäre eine Taktlosigkeit gegenüber meinen Zuhörern.«

Der Ästhet Oscar Wilde hat gesellschaftskritisch gewirkt, aber wie Gesellschaftskritiker zu wirken pflegen: bei sich bietender Gelegenheit fiel der bürgerliche Pöbel über ihn her. Wegen Homosexualität wurde er zu zwei Jahren Zuchthaus und Schwerarbeit – der Höchststrafe – verurteilt. Die Urteilsbegründung ist ganz gesundes Volksempfinden: »Das Vergehen, dessen Sie für schuldig befunden wurden, ist so schlimm, daß man sich selbst stark beherrschen muß, um nicht – in Worten, die ich lieber nicht verwenden möchte – die Gefühle auszudrücken, die in der Brust eines jeden ehrlichen Menschen aufkommen müssen.« Oscar Wilde später dazu: »Ich habe noch keinen Menschen mit ausgeprägt moralischem Urteil getroffen, der nicht grausam, rachsüchtig und borniert war. Ich hätte lieber fünfzig unnatürliche Laster als eine unnatürliche Tugend.«

Im Gefängnis schrieb Oscar Wilde einen Brief an seinen Freund Lord Alfred Douglas, der weit über den Anlaß eines Briefes hinausgeht und sein Lebensresümee enthält. Nach der Entlassung veröffentlichte er *Die Ballade von Reading Goal*, ein langes Gedicht über das Schicksal eines zum Tode Verurteilten, und den berühmten offenen Brief im Daily Chronicle *Kinder in englischen Gefängnissen*, der dann tatsächlich eine Strafrechtsreform auslöste – sonst schrieb er nichts mehr.

Unter dem Namen ›Sebastian Melmoth‹, dem Helden eines Schauerromans von Charles Robert Maturin – mit dem verwandt zu sein Oscar Wilde zeitlebens so stolz war –, lebte er noch zwei Jahre in Frankreich, ständig quengelnd und seine Freunde um Geld anbettelnd. Er starb am 30. November 1900 im Pariser Hôtel d'Alsace.

In der Zeit Oscar Wildes gehörte *Engagement* dazu, *l'art pour l'art* zu proklamieren. Wobei *l'art pour l'art* im Grunde eine unsinnige Formulierung ist, denn Kunst gibt es nur für den Menschen oder für das Leben. *L'art pour l'art* war eine betont antibürgerliche Parole, wie Nietzsche sagte: »Lieber gar keinen Zweck als einen moralischen Zweck.« Eine Absage an alle, die ständig von der Kunst etwas Bestimmtes verlangen. Und von der Kunst etwas Bestimmtes zu verlangen, darin sind sich die Moralisten aller Couleurs – bis heute – einig. Daß aber der Amoralist Wilde dennoch moralisch gewirkt hat, ist ein Schicksal, dem kein Künstler entgehen kann. *Gerd Haffmans*

Notiz über Aubrey Beardsley

Aubrey Vincent Beardsley wurde am 21. Juli 1872 in Brighton geboren. Als musikalisches Wunderkind gab er Klavierkonzerte, bis sich beim Neunjährigen erste Anzeichen von Tuberkulose bemerkbar machten. Nach einem Besuch im Atelier des präraffaelitischen Malers Edward Burne-Jones begann Beardsley als Autodidakt zu zeichnen. Burne-Jones und William Morris erkannten sein Genie und halfen ihm mit einem ersten Auftrag für die Kelmscott Press. Die Illustrationen zur *Salome* von Oscar Wilde machten ihn berühmt. Er wurde Redakteur beim ›Yellow Book‹, gründete eine eigene Zeitschrift, ›The Savoy‹, entwarf Umschläge und Buchschmuck und illustrierte – stets bei geschlossenen Samtvorhängen und Kerzenlicht – zahlreiche Werke, u.a. von Pope, de Laclos, Gautier, Poe, Aristophanes, Ben Jonson und seine einzige eigene Erzählung *Venus und Tannhäuser*. Am 25. März 1898, keine 28 Jahre alt, starb er in Menton an der Riviera.

Oscar Wilde über Beardsley: »Er war ein Meister der verspielten Anmut und ein Beschwörer des Irrealen. Seine Muse wurde von schrecklichen Lachanfällen gequält.« Beardsley über Wildes Verhaftung: »Der arme Oscar, er hat für unsere ganze Bande büssen müssen.« Ansonsten herschte zwischen beiden eine freundliche Abneigung.

Salome blieb das einzige Werk Wildes, das Beardsley illustrierte. Die Zeichnungen in diesem Band sind aus dem Geist der Geschichten und dem Geist einer Zeit, deren größte Exponenten Wilde und Beardsley waren.

Oscar Wilde
im Diogenes Verlag

»Nachdem ich im Laufe der Jahre Wilde gelesen und wiedergelesen habe, bin ich auf eine Tatsache aufmerksam geworden, die seine Lobredner, so scheint es, nicht einmal geahnt haben: die nachprüfbare Tatsache nämlich, daß Wilde fast immer recht hat.«
Jorge Luis Borges

Das Bildnis des Dorian Gray
Roman. Aus dem Englischen
von W. Fred und Anna von Planta

Sämtliche Erzählungen
sowie 35 philosophische Leitsätze zum Gebrauch für die Jugend.
Herausgegeben und mit einem Nachwort von Gerd Haffmans
Zeichnungen von Aubrey Beardsley

Der Sozialismus und die Seele des Menschen
Ein Essay. Deutsch von
Gustav Landauer und Hedwig Lachmann
Frontispiz von Walter Crane

De profundis
Epistola: in carcere et vinculis sowie Die Ballade vom
Zuchthaus zu Reading. Deutsch von Hedda Soellner, Otto Hauser
und Markus Jakob. Mit einem Nachwort von
Gisela Hesse und einem Essay von Jorge Luis Borges

Extravagante Gedanken
Eine Auswahl. Herausgegeben und mit einem
Vorwort von Wolfgang Kraus. Auswahl und Übersetzung
von Candida Kraus

Die Lust des Augenblicks
Aphorismen. Deutsch von Candida Kraus.
Mit einem Vorwort von Wolfgang Kraus

Edgar Allan Poe
im Diogenes Verlag

»Als ich zum erstenmal ein Buch von ihm aufschlug, fand ich bei ihm Gedichte und Novellen, wie sie mir bereits durch den Kopf gegangen waren, undeutlich und wirr jedoch, ungeordnet – Poe aber hat es verstanden, sie zu verbinden und zur Vollendung zu führen. Bewegt und bezaubert entdeckte ich nicht nur Sujets, von denen ich geträumt hatte, sondern auch Sätze und Gedanken, die die meinigen hätten sein können – hätte sie nicht Poe zwanzig Jahre vorher geschrieben.« *Charles Baudelaire*

Werkausgabe in Einzelbänden, herausgegeben von Theodor Etzel. Aus dem Amerikanischen von Gisela Etzel, Wolf Durian u.a.

*Der Untergang
des Hauses Usher*
und andere Geschichten von Schönheit, Liebe und Wiederkunft

Die schwarze Katze
und andere Verbrechergeschichten

Die Maske des Roten Todes
und andere phantastische Fahrten

Der Teufel im Glockenstuhl
und andere Scherz- und Spottgeschichten

*Die denkwürdigen Erlebnisse
des Arthur Gordon Pym*
Roman. Mit einem Nachwort von Jörg Drews

Meistererzählungen
Ausgewählt und mit einem Nachwort von Mary Hottinger

D. H. Lawrence
im Diogenes Verlag

»Es war etwas von einem Proletarier an ihm und von einem Marquis. Von rächerischer Leidenschaft, die ihr Opfer sucht, und gefeiltester Feinheit. Vom kämpfenden Zauber, dem ›Auge der Venus, das die Gegner selbst bestrickt und blind macht‹, von der ›Magie des Extrems, der Verführung, die alles Äußerste übt‹ – und von einem in Blumen und Tiere verliebten Schäfer.«
René Schickele

Der preußische Offizier
Erzählungen

England, mein England
Erzählungen

Die Frau, die davonritt
Erzählungen

Der Mann, der Inseln liebte
Erzählungen

Der Fremdenlegionär
Erzählungen, Autobiographisches, Fragmente

Der Hengst St. Mawr
Roman

Liebe im Heu
Erzählungen

Die Hauptmanns-Puppe
Erzählungen

John Thomas & Lady Jane
Roman. Die zweite und beste Fassung der ›Lady Chatterley‹. Aus dem Englischen von Susanna Rademacher. Mit einem Nachwort von Roland Gart

Liebe, Sex und Emanzipation
Essays. Deutsch von Elisabeth Schnack

Briefe
Auswahl von Richard Aldington. Vorwort von Aldous Huxley. Deutsch und Nachwort von Elisabeth Schnack. Personenverzeichnis, Chronik und Bibliographie im Anhang

Mr. Noon
Autobiographischer Roman. Deutsch von Nikolaus Stingl

Mexikanischer Morgen
Reisetagebücher. Deutsch von Alfred Kuoni

Das Meer und Sardinien
Reisetagebücher. Deutsch von Georg Goyert

Etruskische Stätten
Reisetagebücher. Deutsch von Oswalt von Nostitz

Italienische Dämmerung
Reisetagebücher. Deutsch von Georg Goyert

Die gefiederte Schlange
Roman. Deutsch von Georg Goyert

Meistererzählungen
Ausgewählt, deutsch und mit einem Nachwort von Elisabeth Schnack

Gustave Flaubert
im Diogenes Verlag

»Die Geschichte der menschlichen Intelligenz und ihrer Schwäche, die große Ironie eines Denkers, der unaufhörlich und in allem die ewige und allgemeine Dummheit feststellt. Glaubenssätze, die Jahrhunderte bestanden haben, werden in zehn Zeilen auseinandergesetzt, entwickelt und durch die Gegenüberstellung mit andern Glaubenssätzen vernichtet, die ebenso knapp und lebhaft dargelegt und zerstört werden. Es ist der Babelturm der Kenntnisse, wo alle die verschiedenen, entgegengesetzten und doch unbedingten Lehrsätze und alle in ihrer Sprache die Ohnmacht der Anstrengungen, die Eitelkeit der Behauptungen und immer das ewige Elend alles Seins nachweisen.«
Guy de Maupassant

Jugendwerke
Erste Erzählungen. Herausgegeben, aus dem Französischen und mit einem Nachwort von Traugott König

November
Erinnerungen, Aufzeichnungen und innerste Gedanken/Memoiren eines Irren. Zweiter Band der Jugendwerke. Herausgegeben, übersetzt und mit einem Nachwort von Traugott König

Briefe
Herausgegeben, kommentiert und übersetzt von Helmut Scheffel

*Die Versuchung des
heiligen Antonius*
Deutsch von Felix Paul Greve

Madame Bovary
Sitten der Provinz. Roman. Deutsch von René Schickele und Irene Riesen. Nachwort von Heinrich Mann

Salammbô
Kampf um Karthago. Deutsch von Friedrich von Oppeln-Bronikowski

Drei Geschichten
Ein schlichtes Herz. Die Legende von Sankt Julian dem Gastfreien. Herodias. Deutsch von E.W. Fischer

Bouvard und Pécuchet
Roman. Vom Mangel an Methode in den Wissenschaften. Deutsch von Erich Marx

Reisetagebuch aus Ägypten
Deutsch von E.W. Fischer. Mit einem Nachwort von Wolfgang Koeppen

Die Erziehung des Herzens
Geschichte eines jungen Mannes. Deutsch von Emil A. Rheinhardt. Mit den Rezensionen von Jules Barbey d'Aurevilly, George Sand und Émile Zola sowie einem Glossar im Anhang

Klassiker im Diogenes Verlag

● Aesopische Fabeln
Aus dem Englischen übertragen und mit einer Vorrede von G.E. Lessing nach der Ausgabe von Samuel Richardson. Mit 40 Kupfertafeln der Erstausgabe von 1757. Herausgegeben und mit einem Nachwort von Walter Pape

● Ali Baba und die vierzig Räuber
Deutsch von Max Henning und Hans W. Fischer

● Angelus Silesius
Der cherubinische Wandersmann. Geistreiche Sinn- und Schlußreime. Herausgegeben und mit einem Nachwort von Erich Brock

● Jane Austen
Emma. Roman. Aus dem Englischen von Horst Höckendorf. Mit einem Nachwort von Klaus Udo Szudra
Gefühl und Verstand. Roman. Deutsch von Erika Gröger
Die Abtei von Northanger. Roman. Deutsch, mit einem Nachwort und Anmerkungen von Christiane Agricola
Die Liebe der Anne Elliot oder Überredungskunst. Roman. Deutsch und mit einem Nachwort von Gisela Reichel

● Honoré de Balzac
Zwei Frauen. Roman. Aus dem Französischen von Gabrielle Betz
Die Frau von dreißig Jahren. Roman. Deutsch von Erich Noether. Mit einem Nachwort von Eugen Lerch
Vater Goriot. Roman. Deutsch von Rosa Schapire. Mit einem Nachwort von W. Somerset Maugham
Eugenie Grandet. Roman. Deutsch von Mira Koffka
Junggesellenwirtschaft. Roman. Deutsch von Franz Hessel
Verlorene Illusionen. Roman. Deutsch von Otto Flake. Mit einem Nachwort von Hans-Jörg Neuschäfer
Glanz und Elend der Kurtisanen. Roman. Deutsch von Emil A. Rheinhardt
Tante Lisbeth. Roman. Deutsch von Paul Zech
Vetter Pons. Roman. Deutsch von Otto Flake
Eine dunkle Geschichte. Roman. Deutsch von Friedrich von Oppeln-Bronikowski und Frieda von Oppeln
Der Landpfarrer. Roman. Deutsch von Emmi Hirschberg. Mit einem Nachwort von Hippolyte Taine
Die tödlichen Wünsche. Das Chagrinleder. Roman. Deutsch von Emil A. Rheinhardt
Tolldreiste Geschichten. Deutsch und mit einem Nachwort von Herbert Kühn. Mit Bildern von Gustave Doré
Meistererzählungen. Ausgewählt von Auguste Amédée de Saint-Gall. Mit einem Nachwort von Georges Simenon
Geliebtes Leben. Herausgegeben von Werner Fuchs-Hartmann

Balzac – Leben und Werk. Zeugnisse und Aufsätze von Victor Hugo bis Georges Simenon. Mit einem Repertorium der wichtigsten Romanfiguren, Chronik und Bibliographie. Herausgegeben von Claudia Schmölders

● Charles Baudelaire
Die Tänzerin Fanfarlo und *Der Spleen von Paris.* Prosadichtungen. Aus dem Französischen von Walther Küchler
Die Blumen des Bösen. Gedichtzyklus. Deutsch von Terese Robinson. Nachwort von Hans H. Henschen

● Ludwig van Beethoven
Briefe. Herausgegeben von Erich Valentin

● Giovanni Boccaccio
Meistererzählungen aus dem Decamerone. Aus dem Italienischen von Heinrich Conrad. Ausgewählt von Silvia Sager

● Ulrich Bräker
Der arme Mann im Tockenburg. Lebensgeschichte und Natürliche Ebentheuer des armen Mannes im Tockenburg. Herausgegeben von Samuel Voellmy. Mit einem Vorwort von Hans Mayer

● Charlotte Brontë
Jane Eyre. Eine Autobiographie. Roman. Aus dem Englischen von Bernhard Schindler. Mit einem Essay von Klaus Mann

● Emily Brontë
Sturmhöhe. Aus dem Englischen von Gladys von Sondheimer

● Charles Brockden Brown
Arthur Mervyn oder Die Pest in Philadelphia. Herausgegeben und mit einem Nachwort versehen von Frederik Burwick

● Georg Büchner
Werke und Briefe. Dantons Tod / Lenz / Leonce und Lena / Woyzeck / Über Schädelnerven / Briefe. Herausgegeben und mit einem Vorwort von Franz Josef Görtz. Mit einem Nachwort von Friedrich Dürrenmatt

● Wilhelm Busch
Die schönsten Gedichte. Ausgewählt von Christian Strich
Schöne Studienausgabe in 7 Bänden. Herausgegeben von Friedrich Bohne, in Zusammenarbeit mit dem Wilhelm-Busch-Museum, Hannover. Alle Bildergeschichten sind nach Originalvorlagen, nach Abdrucken von den Originalhölzern oder nach ausgesuchten Erst- und Frühdrucken reproduziert. Alle Texte sind nach Handschriften, Verlagsabschriften und Erstausgaben neu durchgesehen und mit einem kritischen und erklärenden Anhang versehen
Max und Moritz. Eine Bubengeschichte in sieben Streichen. Mit einem Nachwort von Dr. Friedrich Bohne. Als Vorlage diente ein ausgesuchter handkolorierter Frühdruck
Gedichte
Die fromme Helene
Tobias Knopp. Trilogie
Hans Huckebein / Fipps der Affe / Plisch und Plum
Balduin Bählamm / Maler Klecksel
Eduards Traum / Der Schmetterling

● Anton Čechov
Das dramatische Werk in 8 Bänden. Neu übersetzt, transkribiert und herausgegeben von Peter Urban. Jeder Band bringt den unzensurierten Text mit sämtlichen Varianten und Lesarten, Auszüge aus Čechovs Notizbüchern, Anmerkungen und einen editorischen Bericht
Der Kirschgarten. Komödie in vier Akten
Der Waldschrat. Komödie in vier Akten
Die Möwe. Komödie in vier Akten
Onkel Vanja. Szenen aus dem Landleben in vier Akten
Ivanov. Drama in vier Akten
Drei Schwestern. Drama in vier Akten
Die Vaterlosen (vormals: Platonov). Übersetzt, herausgegeben und mit einem Anhang von Peter Urban
Sämtliche Einakter

Das erzählende Werk in 10 Bänden. Aus dem Russischen von Gerhard Dick, Wolf Düwel, Ada Knipper, Hertha von Schulz, Michael Pfeiffer und Georg Schwarz. Gesamtredaktion, Anmerkungen und Nachweise von Peter Urban

Ein unbedeutender Mensch. Erzählungen 1883-1885
Gespräch eines Betrunkenen mit einem nüchternen Teufel. Erzählungen 1886
Die Steppe. Erzählungen 1887-1888
Flattergeist. Erzählungen 1888-1892
Rothschilds Geige. Erzählungen 1893-1896
Die Dame mit dem Hündchen Erzählungen 1897-1903
Eine langweilige Geschichte / Das Duell. Kleine Romane I
Krankenzimmer Nr. 6 / Erzählung eines Unbekannten. Kleine Romane II
Drei Jahre / Mein Leben. Kleine Romane III
Die Insel Sachalin. Reisebericht

Ein unnötiger Sieg. Frühe Novellen und Kleine Romane. Deutsch von Beate Rausch und Peter Urban. Herausgegeben, mit Anmerkungen und einem Nachwort von Peter Urban
Das Drama auf der Jagd. Eine wahre Begebenheit. Roman. Übersetzt von Peter Urban
Die Dame mit dem Hündchen / Herzchen Zwei Erzählungen. Deutsch von Hertha von Schulz und Gerhard Dick
Meistererzählungen. Ausgewählt von Franz Sutter. Deutsch von Ada Knipper, Herta von Schulz und Gerhard Dick
Das Leben in Fragen und Ausrufen. Humoresken und Satiren 1880-1884
Aus den Erinnerungen eines Idealisten. Humoresken und Satiren 1885-1892

Briefe 1877-1904 in 5 Bänden. Übersetzt und herausgegeben von Peter Urban
Über Čechov. Herausgegeben von Peter Urban
Čechov-Chronik. Leben und Werk von Anton Čechov. Herausgegeben von Peter Urban. Der Anhang bringt ein Nachwort, das Inhaltsverzeichnis der ersten russischen Gesamtausgabe und eine Bibliographie aller deutschen Übersetzungen
Anton Čechov – Sein Leben in Bildern. Herausgegeben von Peter Urban. Mit 739 Abbildungen, einem Anhang mit Daten zu Leben und Werk und einem Personenregister
Freiheit von Gewalt und Lüge. Gedanken über Aufklärung, Fortschritt, Kunst, Liebe, Müßiggang und Politik. Zusammengestellt von Peter Urban. Mit fünf Porträts und einer Selbstkarikatur von Doktor Čechov
Wie soll man leben? Anton Čechov liest Marc Aurel. Herausgegeben, deutsch und mit einem Vorwort von Peter Urban
Čechov Lesebuch. Herausgegeben, kommentiert und mit einem Vorwort von Peter Urban

- **Miguel de Cervantes Saavedra**
Leben und Taten des scharfsinnigen Edlen Don Quixote von la Mancha. Roman. Aus dem Spanischen von Ludwig Tieck. Mit einem Essay von Heinrich Heine und Illustrationen von Gustave Doré
Meistererzählungen. Deutsch von Gerda von Uslar. Mit einem Nachwort von Fritz R. Fries

- **Choderlos de Laclos**
Gefährliche Liebschaften. Roman. Aus dem Französischen von Franz Blei. Mit einem Nachwort von Renate Briesemeister

- **Matthias Claudius**
Die schönsten Gedichte. Ausgewählt von Christian Strich

- **Joseph Conrad**
Lord Jim. Roman. Aus dem Englischen von Fritz Lorch
Der Geheimagent. Eine einfache Geschichte. Deutsch von Günther Danehl
Herz der Finsternis. Erzählung. Deutsch von Fritz Lorch
Das Duell. Sechs Erzählungen. Deutsch von Carmen Janetzki. Mit einem Nachwort von Günter Walch

- **James Fenimore Cooper**
Der letzte Mohikaner. Ein Bericht über das Jahr 1757. Aus dem Amerikanischen von L. Tafel

- **Dante Alighieri**
Die göttliche Komödie. Aus dem Italienischen von Philaletes (König Johann von Sachsen). Mit einer kleinen Abhandlung zum Lobe Dantes von Giovanni Boccaccio

- **Daniel Defoe**
Robinson Crusoe. Seine ersten Seefahrten, sein Schiffbruch und sein siebenundzwanzigjähriger Aufenthalt auf einer unbewohnten Insel. Mit einem Nachwort von Ulrich Greiner

- **Charles Dickens**
Ausgewählte Romane und Geschichten. In der deutschen Übertragung von Gustav Meyrink
Nikolas Nickleby. Roman
David Copperfield. Roman. Mit einem Essay von W. Somerset Maugham
Oliver Twist. Roman
Bleakhaus. Roman. Mit einem Nachwort von Hans Hennecke
Die Pickwickier. Roman. Mit einem Nachwort von Walter Kluge
Martin Chuzzlewit. Roman. Mit einem Nachwort von Jerôme von Gebsattel
Drei Weihnachtsgeschichten
Weihnachtslied. Eine Gespenstergeschichte. Deutsch von Richard Zoozmann. Mit Zeichnungen von Tatjana Hauptmann und einem Essay von John Irving

- **Emily Dickinson**
Guten Morgen, Mitternacht. Gedichte und Briefe, zweisprachig. Ausgewählt und aus dem Amerikanischen von Lola Gruenthal

- **Das Leben des Diogenes von Sinope**
Erzählt von Diogenes Laertios. Aus dem Altgriechischen übersetzt, herausgegeben und mit einem Vorwort versehen von Kurt Steinmann

- **John Donne**
Alchimie der Liebe. Gedichte, zweisprachig. Ausgewählt, aus dem Englischen sowie mit einem Nachwort und Anmerkungen versehen von Werner von Koppenfels

- **Fjodor Dostojewskij**
Meistererzählungen. Herausgegeben, aus dem Russischen und mit einem Nachwort von Johannes von Guenther
Die Sanfte. Eine phantastische Erzählung. Deutsch von Johannes von Guenther

- **Joseph von Eichendorff**
Aus dem Leben eines Taugenichts. Novelle. Mit einem Nachwort von Thomas Mann
Meistererzählungen. Mit einem Nachwort von Hermann Hesse

- **Ralph Waldo Emerson**
Natur. Aus dem Amerikanischen von Harald Kiczka. Mit dem Nachruf auf Emerson von Herman Grimm
Essays. Erste Reihe. Herausgegeben, deutsch und mit einem ausführlichen Anhang von Harald Kiczka
Von der Schönheit des Guten. Betrachtungen und Beobachtungen. Ausgewählt, übertragen und mit einem Vorwort von Egon Friedell. Nachwort von Wolfgang Lorenz
Repräsentanten der Menschheit. Sieben Essays. Deutsch von Karl Federn. Mit einem Nachwort von Egon Friedell

- **Epiktet**
Handbüchlein der Moral und Unterredungen. Herausgegeben von Wolfgang Kraus. Deutsche Übertragung nach J.G. Schulthess und K. Enk

- **Epikur**
Über das Glück. Aus dem Altgriechischen und herausgegeben von Séverine Gindro und David Vitali

● Erasmus von Rotterdam
Das Lob der Narrheit. Mit vielen Kupfern nach Illustrationen von Hans Holbein und einem Nachwort von Stefan Zweig
Die Klage des Friedens. Aus dem Lateinischen übersetzt, herausgegeben und mit einem Vorwort von Brigitte Hannemann
Vertrauliche Gespräche. Übersetzt, herausgegeben und mit einem Vorwort versehen von Kurt Steinmann

● Gustave Flaubert
Jugendwerke. Erste Erzählungen. Herausgegeben, aus dem Französischen und mit einem Nachwort von Traugott König
Briefe. Herausgegeben, kommentiert und übersetzt von Helmut Scheffel
Reisetagebuch aus Ägypten. Deutsch von E.W. Fischer. Mit einem Nachwort von W. Koeppen
Die Versuchung des heiligen Antonius Deutsch von Felix Paul Greve
Madame Bovary. Sitten der Provinz. Roman. Deutsch von René Schickele und Irene Riesen. Mit einem Nachwort von Heinrich Mann
Salammbô. Roman. Deutsch von Friedrich von Oppeln-Bronikowski
Drei Geschichten. Deutsch von E.W. Fischer
Bouvard und Pécuchet. Roman. Deutsch von Erich Marx
Die Erziehung des Herzens. Geschichte eines jungen Mannes. Aus dem Französischen von Emil A. Rheinhardt

● Theodor Fontane
Irrungen Wirrungen. Roman. Mit einem Nachwort von Otto Brahm
Frau Jenny Treibel. Roman. Mit einem Nachwort von Kurt Tucholsky
Schach von Wuthenow. Erzählung. Mit einem Nachwort von Marcel Reich-Ranicki
L'Adultera. Roman. Mit einem Nachwort von Werner Weber
Stine. Roman. Mit einem Nachwort von Thomas Mann
Der Stechlin. Roman. Mit einem Nachwort von Peter Härtling
Effi Briest. Roman. Mit einem Nachwort von Max Rychner
Die schönsten Gedichte. Ausgewählt von Franz Sutter

● Französische Moralisten
La Rochefoucauld, Vauvenargues, Montesquieu, Chamfort. Aus dem Französischen und herausgegeben von Fritz Schalk

● Johann Wolfgang Goethe
Gedichte I. Lieder/Balladen/Elegien/Sonette/Kantaten/Epigramme. Herausgegeben von Ernst Merian-Genast. Mit einem Nachwort von Richard Dehmel
Gedichte II. Gedankenlyrik/Westöstlicher Divan. Herausgegeben von Ernst Merian-Genast. Mit einem Nachwort von Konrad Burdach
Faust. Der Tragödie erster und zweiter Teil. Herausgegeben von Ernst Merian-Genast. Mit einem Nachwort von Thomas Mann
Die Leiden des jungen Werther. Roman. Mit einem Kommentar des Autors aus dem Jahre 1814
Die Wahlverwandtschaften. Roman. Mit einem Nachwort von Reinhard Baumgart
Die schönsten Gedichte. Ausgewählt von Franz Sutter
Von der Höflichkeit des Herzens und andere Gedanken. Herausgegeben und mit einem Vorwort von Ernst Freiherr von Feuchtersleben

● Johann Wolfgang Goethe/ Wilhelm Busch
Faust. Eine Tragödie. In einer krassen Bearbeitung von Eberhard Thomas Müller. Mit vielen Zeichnungen von Wilhelm Busch

● Nikolai Gogol
Meistererzählungen. Auswahl, Vorwort und Übersetzung aus dem Russischen von Sigismund von Radecki
Die toten Seelen. Roman. Deutsch von Philipp Löbenstein. Mit einem Nachwort von Horst Bienek

● Jeremias Gotthelf
Ausgewählte Werke in 12 Bänden. Herausgegeben von Walter Muschg
Uli der Knecht. Eine Gabe für Dienstboten und Meisterleute. Roman
Uli der Pächter. Roman
Anne Bäbi Jowäger. Roman in zwei Bänden
Geld und Geist. Roman. Mit einer Einleitung von Walter Muschg
Käthi die Großmutter. Erzählung
Die Käserei in der Vehfreude. Roman
Die Wassernot im Emmental / Wie Joggeli eine Frau sucht. Ausgewählte Erzählungen I
Die schwarze Spinne / Elsi, die seltsame Magd / Kurt von Koppigen. Ausgewählte Erzählungen II
Michels Brautschau / Niggi Ju / Das Erdbeerimareili. Ausgewählte Erzählungen III
Der Besenbinder von Rychiswyl / Barthli der Korber / Die Frau Pfarrerin / Selbstbiographie. Ausgewählte Erzählungen IV
Der Geltstag. Roman

Meistererzählungen. Mit einem Anhang ›Gottfried Keller über Jeremias Gotthelf‹

● **Brüder Grimm**
Märchen der Brüder Grimm. Ausgewählt von Lore Segal und Maurice Sendak. Mit Zeichnungen von Maurice Sendak
Die schönsten Märchen der Brüder Grimm. Ausgewählt von Christian Strich. Mit Illustrationen von Ludwig Richter

● **Heinrich Heine**
Gedichte. Ausgewählt und eingeleitet von Ludwig Marcuse
Die schönsten Gedichte. Ausgewählt von Anton Friedrich
Reisebilder. Mit einem Nachwort von Hiltrud Häntzschel

Ludwig Marcuse
Heinrich Heine. Melancholiker, Streiter in Marx, Epikureer

● **E.T.A. Hoffmann**
Meistererzählungen. Herausgegeben von Christian Strich. Mit einem Nachwort von Stefan Zweig

● **Homer**
Ilias
Odyssee
Beide Bände aus dem Griechischen von Johann Heinrich Voss. Edition von Peter Von der Mühll. Nachwort von Egon Friedell

● **Victor Hugo**
Der letzte Tag eines Verurteilten. Aus dem Französischen und mit einem Vorwort von W. Scheu
Der Glöckner von Notre-Dame. Roman. Deutsch von Philipp Wanderer. Nachwort von Arthur von Riha
Das Teufelsschiff. Deutsch von Hans Kauders. Mit einem Nachwort von Christian Schäfer

● **Henrik Ibsen**
Stützen der Gesellschaft. Übersetzt und herausgegeben von Heiner Gimmler

● **I Ging**
Das Buch der Wandlungen. Herausgegeben von Thomas Cleary. Aus dem Amerikanischen von Ingrid Fischer-Schreiber

● **Gottfried Keller**
Der grüne Heinrich. Roman
Die Leute von Seldwyla. Erzählungen. Erster und zweiter Band
Züricher Novellen
Meistererzählungen. Mit einem Nachwort von Walter Muschg

● **Heinrich von Kleist**
Sämtliche Erzählungen. Mit einem Nachwort von Stefan Zweig

● **François de La Rochefoucauld**
Spiegel des Herzens. Seine sämtlichen Maximen. Herausgegeben und mit einem Vorwort von Wolfgang Kraus. Aus dem Französischen von Fritz Habeck

● **Michail Lermontow**
Ein Held unserer Zeit. Herausgegeben und aus dem Russischen von Arthur Luther

● **Guy de Maupassant**
Das Haus Tellier und andere Erzählungen. Aus dem Französischen von Georg von der Vring
Der Schmuck und andere Erzählungen. Deutsch von Georg von der Vring
Mamsell Fifi und andere Erzählungen. Ausgewählt, übertragen und mit einem Nachwort von Walter Widmer
Das Glück und andere Erzählungen. Deutsch von Walter Widmer
Eine List und andere Erzählungen. Deutsch von Walter Widmer
Meistererzählungen. Ausgewählt, übertragen und mit einem Nachwort von Walter Widmer
Das Freudenhaus. Drei Erzählungen. Deutsch von Walter Widmer und Georg von der Vring

● **Herman Melville**
Moby-Dick. Roman. Aus dem Amerikanischen von Thesi Mutzenbecher und Ernst Schnabel. Mit einem Essay von W. Somerset Maugham
Billy Budd. Novelle. Deutsch von Richard Moering. Mit einem Essay von Albert Camus
Meistererzählungen. Mit einem Nachwort von Hans-Rüdiger Schwab

● **Eduard Mörike**
Mozart auf der Reise nach Prag. Eine Novelle

● **Molière**
Komödien in 7 Bänden. In der Neuübersetzung von Hans Weigel
Der Wirrkopf / Die lächerlichen Schwärmerinnen / Sganarell oder Der vermeintlich Betrogene
Die Schule der Frauen / Kritik der ›Schule der Frauen‹ / Die Schule der Ehemänner
Tartuffe oder Der Betrüger / Der Betrogene oder George Dandin / Vorspiel in Versailles
Don Juan oder Der steinerne Gast / Die Lästigen / Der Arzt wider Willen
Der Menschenfeind / Die erzwungene Heirat / Die gelehrten Frauen
Der Geizige / Der Bürger als Edelmann / Der Herr aus der Provinz

Der eingebildete Kranke / Die Gaunereien des Scappino

● **Michel de Montaigne**
Essais nebst des Verfassers Leben nach der Ausgabe von Pierre Coste, ins Deutsche übersetzt von Johann Daniel Tietz. Mit Personen- und Sachregister sowie einem Nachwort zu dieser Ausgabe von Winfried Stephan
Essais. Eine Auswahl vorgestellt von André Gide
Um recht zu leben. Aus den Essais. Deutsch von Hanno Helbling. Mit einem Nachwort von Egon Friedell
Über Montaigne. Aufsätze und Zeugnisse von Pascal bis Canetti. Herausgegeben von Daniel Keel. Deutsch von Irene Holicki und Linde Birk. Mit Chronik und Bibliographie

Wilhelm Weigand
Michel de Montaigne. Eine Biographie

Mathias Greffrath
Montaigne heute. Leben in Zwischenzeiten

● **Thomas Morus**
Utopia. Roman. Aus dem Lateinischen von Alfred Hartmann. Mit einem Porträt des Autors von Erasmus von Rotterdam

● **Wolfgang Amadeus Mozart**
Briefe. Auswahl und Nachwort von Horst Wandrey

● **Wilhelm Müller**
Die Winterreise und Die Schöne Müllerin. Mit Zeichnungen von Ludwig Richter und einem Nachwort von Winfried Stephan

● **Friedrich Nietzsche**
Vom Nutzen und Nachteil der Historie für das Leben. Herausgegeben und mit einem Nachwort von Michael Landmann
Brevier. Ausgewählt, herausgegeben und mit einem Vorwort von Wolfgang Kraus
Gedichte. Ausgewählt von Anton Friedrich. Mit einer Rede von Thomas Mann
Die schönsten Gedichte. Ausgewählt von Anton Friedrich

● **Ovid**
Metamorphosen. Aus dem Lateinischen von Thassilo von Scheffer

● **Plutarch**
Von der Heiterkeit der Seele. Moralia. Herausgegeben und aus dem Altgriechischen übertragen von Wilhelm Ax. Mit einer Einführung von Max Pohlenz

● **Edgar Allan Poe**
Werkausgabe in Einzelbänden, herausgegeben von Theodor Etzel. Aus dem Amerikanischen von Gisela Etzel, Wolf Durian u.a.

Der Untergang des Hauses Usher und andere Geschichten von Schönheit, Liebe und Wiederkunft
Die schwarze Katze und andere Verbrechergeschichten
Die Maske des Roten Todes und andere phantastische Fahrten
Der Teufel im Glockenstuhl und andere Scherz- und Spottgeschichten
Die denkwürdigen Erlebnisse des Arthur Gordon Pym. Roman. Mit einem Nachwort von Jörg Drews
Meistererzählungen. Auswahl und Nachwort von Mary Hottinger

● **Alexander Puschkin**
Meistererzählungen. Aus dem Russischen von André Villard. Mit einem Fragment ›Über Puschkin‹ von Maxim Gorki

● **Ernest Renan**
Das Leben Jesu. Vom Verfasser autorisierte Übertragung aus dem Französischen

● **Arthur Schopenhauer**
Zürcher Ausgabe: Werke in 10 Bänden. Vollständige Neuedition. Alle Bände bringen, nach dem letzten Stand der Forschung, den integralen Text in der originalen Orthographie Schopenhauers nach der historisch-kritischen Gesamtausgabe von Arthur Hübscher; Übersetzungen fremdsprachiger Zitate und seltener Fremdwörter wurden in Klammern eingearbeitet. Die editorischen Materialien besorgte Angelika Hübscher
Über die vierfache Wurzel des Satzes vom zureichenden Grunde / Über den Willen in der Natur. Kleinere Schriften I
Die Welt als Wille und Vorstellung I und II in je zwei Teilbänden
Die beiden Grundprobleme der Ethik: Über die Freiheit des menschlichen Willens / Über die Grundlage der Moral. Kleinere Schriften II
Parerga und Paralipomena I in zwei Teilbänden, wobei der zweite als Einzelausgabe die ›Aphorismen zur Lebensweisheit‹ enthält
Parerga und Paralipomena II in zwei Teilbänden

Aphorismen zur Lebensweisheit. Textidentisch mit Band 8 der ›Zürcher Ausgabe‹. Herausgegeben von Arthur Hübscher. Mit einem Nachwort von Egon Friedell

● **Olive Schreiner**
Geschichte einer afrikanischen Farm. Roman. Aus dem Englischen von Elisabeth Schnack

● **Franz Schubert**
Briefe. Tagebuchnotizen, Gedichte. Herausgegeben und mit einer Einleitung von Erich Valentin

● **Seneca**
Mächtiger als das Schicksal. Herausgegeben und aus dem Lateinischen übertragen von Wolfgang Schumacher

● **William Shakespeare**
Sonette. Englisch und deutsch. Herausgegeben und mit einem Vorwort von Hanno Helbling

Dramatische Werke. Übersetzung von Schlegel / Tieck, Edition von Hans Matter, Illustrationen von J. H. Füßli
Romeo und Julia / Hamlet / Othello
König Lear / Macbeth / Timon von Athen
Julius Cäsar / Antonius und Cleopatra / Coriolanus
Verlorene Liebesmüh / Die Komödie der Irrungen / Die beiden Veroneser / Der Widerspenstigen Zähmung
Ein Sommernachtstraum / Der Kaufmann von Venedig / Viel Lärm um nichts / Wie es euch gefällt / Die lustigen Weiber von Windsor
Ende gut, alles gut / Was ihr wollt / Troilus und Cressida / Maß für Maß
Cymbeline / Das Wintermärchen / Der Sturm
Heinrich VI. / Richard III.
Richard II. / König Johann / Heinrich IV.
Heinrich V. / Heinrich VIII. / Titus Andronicus

Liebessonette. Mit einem Nachwort von Gisela Hesse. Aus dem Englischen von Otto Gildemeister, Gottlob Regis, Karl Richter, Dorothea und Ludwig Tieck, Karl Simrock
Shakespeare's Geschichten. Alle Stücke von William Shakespeare nacherzählt von Walter E. Richartz und Urs Widmer, in zwei Bänden

● **Stendhal**
Über die Liebe. Essay. Aus dem Französischen von Franz Hessel. Mit Fragmenten, einem Anhang aus dem Nachlaß des Autors und einer Anmerkung von Franz Blei

Armance. Einige Szenen aus einem Pariser Salon um das Jahr 1827. Roman. Deutsch von A. Elsaesser. Anmerkung von Franz Blei

Rot und Schwarz. Eine Chronik des 19. Jahrhunderts. Deutsch von Rudolf Lewy. Mit einer Anmerkung von Franz Blei und einem Nachwort von Heinrich Mann

Lucian Leuwen. Romanfragment. Deutsch von Joachim von der Goltz. Mit einer Anmerkung von Franz Blei

Leben des Henri Brulard. Autobiographie. Deutsch von Adolf Schirmer. Mit Nachwort, Anmerkungen sowie Namen- und Sachverzeichnis von Wilhelm Weigand

Die Kartause von Parma. Roman. Deutsch von Erwin Rieger. Mit einem Nachwort von Franz Blei

Amiele. Romanfragment. Deutsch von Arthur Schurig. Mit Fragmenten und Aufzeichnungen aus dem Nachlaß des Autors sowie einem Nachwort von Stefan Zweig

Meistererzählungen. Mit einem Nachwort von Maurice Bardèche

● **Laurence Sterne**
Tristram Shandy. Roman. Aus dem Englischen von Rudolf Kassner. Anmerkungen von Walther Martin

● **Robert Louis Stevenson**
Die Schatzinsel. Roman. Aus dem Englischen von Rose Hilferding

Die Herren von Hermiston. Roman-Fragment. Deutsch von Marguerite Thesing

Dr. Jekyll und Mr. Hyde. Erzählung. Deutsch von Marguerite und Curt Thesing

Meistererzählungen. Deutsch von Marguerite und Curt Thesing. Mit einem Nachwort von Lucien Deprijck

● **Adalbert Stifter**
Meistererzählungen. Mit einem Nachwort von Julius Stöcker

● **Jonathan Swift**
Gullivers Reisen. Aus dem Englischen von Franz Kottenkamp. Mit einem Vorwort von Hermann Hesse, einer Lebensbeschreibung des Autors von Walter Scott, einem Swift-Lexikon und einem Nachwort von Franz Riederer

● **Tausendundeine Nacht**
Die schönsten Geschichten. Ausgewählt von Silvia Sager. Aus dem Arabischen von Max Henning und Hans W. Fischer. Mit einem Nachwort von Iring Fetscher

Ali Baba und die vierzig Räuber. Zwei Märchen aus ›Tausendundeiner Nacht‹

● **Henry David Thoreau**
Über die Pflicht zum Ungehorsam gegen den Staat und andere Essays. Herausgegeben, aus dem Amerikanischen und Nachwort von Walter E. Richartz

Walden oder Leben in den Wäldern. Deutsch von Emma Emmerich und Tatjana Fischer. Mit Anmerkungen, Chronik und Register. Vorwort von Walter E. Richartz

● Leo Tolstoi
Anna Karenina. Roman. Aus dem Russischen von Arthur Luther. Mit einem Nachwort von Egon Friedell
Meistererzählungen. Ausgewählt von Christian Strich. Deutsch von Arthur Luther, Erich Müller und August Scholz
Krieg und Frieden. Roman in 4 Bänden. Deutsch von Erich Boehme.
Auferstehung. Roman. Deutsch von Ilse Frapan. Mit einem Nachwort von Stefan Zweig
Der Schneesturm und andere Erzählungen. Deutsch von Eva Luther
Romain Rolland
Das Leben Tolstois. Aus dem Französischen von O.R. Sylvester

● Iwan Turgenjew
Meistererzählungen. Herausgegeben, aus dem Russischen und mit einem Nachwort von Johannes von Guenther

● Mark Twain
Tom Sawyers Abenteuer. Roman. Aus dem Amerikanischen von Lore Krüger. Nachwort von Jack D. Zipes
Huckleberry Finns Abenteuer. Roman. Deutsch von Lore Krüger. Mit einem Essay von T.S. Eliot
Die Million-Pfund-Note. Erzählungen. Übersetzt von Ana Maria Brock und Otto Wilck
Kannibalismus auf der Eisenbahn. Erzählungen. Deutsch von Günther Klotz
Der gestohlene weiße Elefant. Erzählungen. Deutsch von Günther Klotz
Leben auf dem Mississippi. Deutsch von Otto Wilck
Ein Yankee aus Connecticut an König Artus' Hof. Roman. Deutsch von Lore Krüger
Adams Tagebuch und *Die romantische Geschichte der Eskimomaid.* Eine klassische und eine moderne Liebesgeschichte. Bearbeitet von Marie Louise Bischof und Ruth Binde
Meistererzählungen. Auswahl von Marie-Louise Bischof. Vorwort von N.O. Scarpi

● Jules Verne
Die Hauptwerke, ungekürzt und originalgetreu.
Reise um die Erde in achtzig Tagen. Aus dem Französischen von Erich Fivian
Fünf Wochen im Ballon. Deutsch von Felix Gasbarra
Von der Erde zum Mond. Roman. Deutsch von William Matheson
Reise um den Mond. Roman. Deutsch von Ute Haffmans
Zwanzigtausend Meilen unter Meer. Roman in zwei Bänden. Deutsch von Peter Laneus und Peter G. Hubler
Reise zum Mittelpunkt der Erde. Roman. Deutsch von Hansjürgen Wille und Barbara Klau
Die Erfindung des Verderbens. Roman. Deutsch von Karl Wittlinger
Zwei Jahre Ferien. Roman. Deutsch von Erika Gebühr
Das erstaunliche Abenteuer der Expedition Barsac. Roman. Deutsch von Eva Rechel-Mertens
Die Insel der Milliardäre. Roman. Deutsch von Christa Hotz und Ute Haffmans
Die Eissphinx. Roman. Deutsch von Hansjürgen Wille und Barbara Klau
Die großen Seefahrer und Entdecker. Eine Geschichte der Entdeckung der Erde im 18. und 19. Jahrhundert
Meistererzählungen. Deutsch von Erich Fivian

● Voltaire
Briefe aus England. Herausgegeben, übersetzt und mit einem Nachwort von Rudolf von Bitter
Gedanken regieren die Welt. Eine Auswahl aus dem Gesamtwerk. Herausgegeben und mit einem Vorwort von Wolfgang Kraus

● Walther von der Vogelweide
Liebsgetön. Minnelieder, frei übertragen von Karl Bernhard. Mit einem Nachwort von Walter Muschg

● Walt Whitman
Grashalme. Nachdichtung von Hans Reisiger. Mit einem Essay von Gustav Landauer

● Oscar Wilde
Der Sozialismus und die Seele des Menschen. Ein Essay. Aus dem Englischen von Gustav Landauer und Hedwig Lachmann
Sämtliche Erzählungen sowie 35 philosophische Leitsätze zum Gebrauch für die Jugend. Herausgegeben und mit einem Nachwort von Gerd Haffmans. Zeichnungen von Aubrey Beardsley
Das Bildnis des Dorian Gray. Roman. Deutsch von W. Fred und Anna von Planta
De profundis. Epistola: in carcere et vinculis sowie Die Ballade vom Zuchthaus zu Reading. Deutsch von Hedda Soellner, Otto Hauser und Markus Jakob. Mit einem Nachwort von Gisela Hesse und einem Essay von Jorge Luis Borges
Extravagante Gedanken. Eine Auswahl. Herausgegeben und mit einem Vorwort von Wolfgang Kraus. Auswahl und Übersetzung von Candida Kraus
Die Lust des Augenblicks. Mit einem Vorwort von Wolfgang Kraus. Aus dem Englischen von Candida Kraus